U0566052

搜神记神话
世说新语故事

中华典籍故事

吴克勤
郑昶——编

人民文学出版社

**图书在版编目(CIP)数据**

搜神记神话 世说新语故事/吴克勤,郑昶编.——
北京:人民文学出版社,2018(2021.5 重印)
(中华典籍故事)
ISBN 978-7-02-013581-3

Ⅰ. ①搜… Ⅱ. ①吴… ②郑… Ⅲ. ①笔记小说-中
国-东晋时代 ②《搜神记》通俗读物 ③笔记小说-中国
-南朝时代 ④《世说新语》通俗读物 Ⅳ. ①I242.1

中国版本图书馆 CIP 数据核字(2017)第 307386 号

责任编辑　卜艳冰　尚　飞　吕昱雯
装帧设计　高静芳

出版发行　**人民文学出版社**
社　　址　北京市朝内大街 166 号
邮政编码　**100705**

印　　刷　宁波市大港印务有限公司
经　　销　全国新华书店等

开　　本　**890 毫米×1240 毫米　1/32**
印　　张　**5.25**
插　　页　**2**
字　　数　**68 千字**
版　　次　**2018 年 3 月北京第 1 版**
印　　次　**2021 年 5 月第 2 次印刷**

书　　号　978-7-02-013581-3
定　　价　**35.00 元**

如有印装质量问题,请与本社图书销售中心调换。电话:010 - 65233595

# 搜神记神话

## 序说

**目录**

## 世说新语故事

### 序说

搜

神

记

神

话

# 序　说

　　《搜神记》有两部：前部共二十卷，是晋朝新蔡干宝（字令升）撰述的；后部名《搜神后记》，共十卷，相传为晋朝浔阳陶潜（又名渊明，字元亮）的著作。

　　有人说，现在所流行的《搜神记》，已经不是干宝的原书。就是《搜神后记》，只要从它年代的矛盾上看起来（陶潜死于南朝宋元嘉四年，书中却记有元嘉十四、十六年的事），恐怕也是后人所假托的。因为我们的目的，并不在考据，关于这些，尽可不必去管它。

　　我们只觉得，这部书中的文字，虽过于古奥，也许不易了解，可是，它所记载的神怪故事——如《千日酒》《细腰》等——和民间传说——如《十九郎借寿》《田螺精》等——却大都是富有兴趣，很合我们的口味的。所以，特地在这三十卷书中，选取了最精彩的二十余篇，将它译成语体文，以便我们的阅读。

# 千日酒

【故事】

中山①有一个狄希，他能造一种酒，取名叫"千日酒"：吃了这种酒，能够使人醉卧一千日——人家都说他的酒是很奇怪的。

这时候，有一个姓刘名叫元石的人，他本是很喜欢饮酒的，听到了千日酒的名，很欢喜地道："这一定是世界上最醇烈的酒了，我必定要去尝试一下才是！"

于是，元石便跑到了狄希那里，向狄希恳求道："我生平什么酒都喝过了，只是没有喝过千日酒。你的千日酒，必定是世界上最美的酒，我因为慕它的名，所以特地赶来，务必请你给我一些！"

狄希道："我的酒现在还没做好，不能给你喝呢。"

元石道：“既然还不曾做好，且先给我些尝尝吧！”

狄希觉得元石的态度很恳切，不好意思过分地违拗他，只得斟了一杯给他。

元石接了酒杯，一口气喝干了，又请求道："这酒真好极了，再给我一杯吧！"

狄希正色道："回去吧，过几天再来喝！这一杯酒，已经可以使你醉卧一千日了！"

元石受了狄希的拒绝，很觉羞惭，便辞别了狄希回家去了。他一到家里，便头昏眼花，身体不能支撑，一会儿，竟醉死了。

他家里的人看他忽然暴死，都以为他一定是得了什么急病，哭得十分悲伤，照例将他去殡葬了。谁也不知道他是因为喝醉了酒。

三年以后的有一天，狄希忽然记起了元石，便自言自语地说道："现在离元石喝酒的那一天，恰好已经一千日了，他的酒应该要醒了，让我到他家中去看看吧！"说罢，便到元石家中去了。

狄希到了元石家里，便问道："元石在家吗？"

元石家里的人很惊怪地答道："元石早已死

了，现在服也满了哩！”

狄希也大惊道："怎么说死了呢？他是喝了我的千日酒，因此醉卧着，现在满一千日，应该要醒了啊！"

元石家里的人很着急地道："我们已把他埋葬了，怎么办呢？"

狄希道："请你们和我到他坟上去，凿开他的坟墓，开棺查看一下吧！"

元石家里的人同意了，便和狄希到元石坟上去。只见他的坟上蒸腾着无限的水汽，仿佛和雾一般，盘旋着，一直上升到天空。

元石家里的人惊呼道："坟上怎么会有这许多水汽？"

狄希道："这是他的汗气，不要紧的。"

等到他们掘开了坟，水汽蒸腾得益发厉害了。打开了棺，只见元石满身淋漓地淌着汗，伸了一个懒腰，张开了倦眼，拖长了声音说道："好酒，好酒，这一醉真痛快呀！"

元石瞥眼看见了狄希，欣然问道："你这酒是用什么东西做的，怎么只给我喝了一杯，便醉了

我一夜，直到此刻才醒?"停了一下，他又问道:
"现在，太阳已是出得很高了吧?"

在坟上的人，看了他那种迷离的醉态，都大
笑起来。

可是这些人因为嗅到了元石的汗气，后来回
到家里，也都醉卧了三个月。

【注释】

① 中山：这个中山是古国名，在现在河北定州市一带。

# 干将莫邪

【故事】

楚国 ① 有夫妻两人，夫名干将，妻名莫邪 ②，他俩都是铸剑的名手。

楚王听说他们有这样大的本领，很是妒恨，他便要想出法子来作弄他们了。

有一天，楚王使人去叫了干将来，对他说道："我听说你们夫妻两人铸的剑，是天下闻名的，因此，我很羡慕。现在，我想请你给我铸两柄剑，一柄要雌的，一柄要雄的，即刻便要拿来。倘若做得慢了，我便要杀死你的！"

干将回到家里，就开始忙着铸剑，哪知这剑却非常难铸，一直工作了三个年头，才把两柄剑铸成功。他自己知道，工作了这样长久，即使将两柄剑一同拿去，献给楚王，也一定没有好结果的。因此，他便决意拿一柄雌剑去见楚王，却把雄的一柄留下了。

这时，他的妻子莫邪，正怀着身孕，将要生产了。他临走的时候，对她嘱咐道："当时楚王叫我铸一柄雌剑，一柄雄剑，他要我立刻便拿去的。现在，我铸了三年才成功，楚王一定很恼怒了，倘若把剑拿去，他当然要杀死我的。现在，我已准备被杀，只把雌剑拿去，将雄剑留着。你若是生了儿子，等他长大了，你便将这事告诉他，并且和他说，对着我家门口的那座南山中，有一棵大松树生在大石上，那柄雄剑，就在这松树的背面。"说罢，他便别了莫邪，带了雌剑去见楚王。

楚王见了干将，便大怒道："怎么你过了三年才把剑拿来呢？"于是，便叫人拿了剑来看。却只见一柄雌剑，并没有雄剑。因此，他更加愤怒了，说道："我叫你铸两柄剑，你为什么只铸了一柄？我叫你立刻拿来，你又挨了三年，这不是故意违背我的命令吗？"

楚王大怒之下，竟照着三年前的约言，将干将杀死了。

后来，莫邪果然生了一个儿子，取名赤比。

等到他长大时，有一天，忽然问他的母亲道："我自降生到现在，从来也没有看见过父亲，不晓得我的父亲在什么地方，请母亲告诉我，因为，我很想见一见父亲呢！"

莫邪被赤比一问，想起了干将，不觉流下泪来道："你的父亲因为给楚王铸雌雄两柄剑，铸了三年才铸成，他知道楚王必定要杀他了，所以只将雌剑拿了去，却将雄剑留了下来。谁知他到了楚王那里，果然立刻被杀了。这时，正是你将生的那一年。他临走，叫我将来告诉你：对着我家门口的那座南山中，有一棵大松树生在大石上，那柄雄剑，就在这松树的背面——大约他是希望你去将它取出来呢！"

赤比听了母亲的话，非常悲愤，立刻跑到门外去望了一回，但是，哪里有什么山的影子，他一时很觉失望。后来回到屋里，偶然看见朝南有根松木的柱子，恰好装在一个石础上面，他便大悟道："原来父亲的话，是一种隐语啊！"

他拿了一柄斧头，将柱子破了开来，在柱子的背面，果然得到了那柄雄剑。他拿了这柄剑，想着父亲的惨死，痛恨楚王到了极点。他便日夜地考虑，打算向楚王去报仇。

同时，有一夜，楚王做了一个梦，梦见一个双眉分离得很开的孩子，怒目向着他，厉声地对他说道："你杀了我的父亲，现在，我要向你报仇了。"楚王惊醒之后，便叫了一个画师来，将梦中那孩子的面相告诉了他，叫他照着描画出来。画好了，楚王便叫人去把这肖像贴在热闹地方，悬着千金的赏，购买这孩子的头。

赤比听到了这个消息，急忙逃开了去。他逃到了一个深山里，一面走着，一面唱着很悲哀的歌曲。

山里有一个人，恰巧碰见了他，便问他道："你小小的年纪，为什么这样悲伤呢？"

赤比道："我的父亲名叫干将，我的母亲名叫莫邪。楚王将我的父亲杀死了，我想要报仇呀！"

那人道："我听见楚王正出了千金的赏格，在买你的头呢！你把你的头和那柄剑交给我，我便给你去报仇！"

赤比道："感激得很！"说罢，便拿起剑来，将自己的头割下了，他举起了双手，捧了头和剑，交给了那人以后，他的尸身，却还是硬挺挺地矗立着。

那人看到这种情形，便对着他的尸身道："请你放心，我是不会辜负你的！"于是，他的尸身才倒了下去。

那人拿了头，藏着剑去见楚王，说道："听说大王悬了赏，购买赤比的头，现在我已经取到了，特来献给大王！"

楚王将头细细地查看了一下，果然和梦中那个孩子的相貌，是一模一样的，便很欢喜地立刻赏了他一千金。

那人又对楚王说道："这个是勇士的头，留着也许有祸祟，应当放在大锅子里去煮烂它才是。"

楚王依了他的话，叫人拿了去煮。哪知，直煮了三日三夜，那头还是好好的，一点儿也不腐烂，而且常常从水里钻出来，怒目疾视着。

那人又去向楚王说道："这孩子的头，煮了三日三夜，仍旧煮不烂，大王何不亲自去瞧瞧呢？"

楚王听了他的话，真的便亲自去查看。不料

楚王的头刚伸到锅子上时，那人便拿起剑来将它割下，立刻滚到锅子里去了。那人也便将自己的头割向锅子里。于是三个头便一同煮烂，再也分辨不出哪一部分是属于谁的了。

后来，人们将这肉汤分成三处埋葬了，就称它为三王墓。这个墓，据说是在汝南③宜春县。

【注释】

① 楚国：周成王封熊绎于楚，就是现在湖北省的秭归县。到了春秋战国时候，渐渐扩大地盘，辖现在两湖、两江和河南南部。后为秦所灭。

② 干将（gān jiāng）、莫邪（mò yé）：春秋时候吴国人。干将铸剑不成，他的妻子莫邪剪下自己的头发和指爪，投在炉中，金铁方和合拢来，铸成雌雄两把剑：雄剑就定名为干将，雌剑名为莫邪。

③ 汝南：郡名。在现在河南、安徽地区。

中华典籍故事

# 受冤的孝妇

【故事】

汉朝①时候，东海②有一个孝妇，姓周名青，家里很贫苦。她的婆婆，年纪已经很老，一点事儿也不能做了，只靠着媳妇赚了钱来养活她。媳妇虽然很辛苦地在赚着钱，但是，服侍她的婆婆，却还是十分周到，使婆婆过得很舒适。自然，因此她自己便心力俱瘁（cuì）了。

婆婆看了这种情形，很是可怜她，对她说道："你因为要养活我，伺候我，所以受到这种痛苦，叫我怎么忍心呢？唉，我是已经老了，活着也没用了，何必再来拖累你们年轻人呢？"

媳妇听了婆婆的话，心里很觉悲伤，但仍装着笑容，宽慰了婆婆一番。她以为婆婆听了她宽慰的话，自会安心，便管自工作去了。哪知婆婆却已抱了自杀的决心，就在这天，背着人吊死了。

婆婆的女儿得到这个消息，便到太守③那里去诬告④道："我的母亲，被嫂嫂谋杀了！"

太守听了那女儿片面的话，很是愤怒，把媳妇捉了来，用了残酷的刑罚，狠毒地拷打她。媳妇受不住苦痛，把女儿诬告她的事都承认了。于是，太守定了她一个死罪。

狱吏⑤于公却是很清明的，他看到了狱词⑥，大抱不平，到太守那里去代她申诉道："这个妇人，她赚钱养活婆婆，已经有了十几年了，远近的人，都称她是孝妇，照这样看起来，怎会杀死婆婆呢？狱词上所定的死罪，一定是冤枉的，还要请你再调查一下才是！"

但是，太守却很固执，不肯相信于公的话，虽经于公竭力地争辩，还是一点没有效验。于公临走的时候，知道孝妇的冤枉没有表白的希望了，很是伤心，不觉抱着狱词哭出声来。

当孝妇周青用刑的时候，她叫人用车子载了一根十丈长的竹竿矗在刑场上，竹竿上挂了五面旗子。她当着围看热闹的众人立了一个誓道："周青若是谋杀了婆婆，应当得到死罪，那么愿意将头杀下伏罪，并且，把我的血泼在竹竿上，必定顺着竹竿向下流的；周青若是没有谋杀婆婆，不应得死罪的话，那么把我的血泼在竹竿上，必定向上流的。"

她立罢誓言，便到了用刑的时候。她的头杀下以后，大家看见她的血并不是鲜红的，却是青黄色的。有人把她的血泼在那根十丈长的竹竿上：奇怪，这青黄的血，立刻向着竹竿尖倒流了上去，过了一会，才慢慢地流了下来。于是，孝妇周青的冤枉才大白。可是，她已经枉死了。

这时，那个太守恰巧要离任，换了一个新太守来。

于公便将这件冤枉的案件，去对新太守说了。

新太守很相信于公的话，立刻，便亲自到孝妇坟上去祭奠，并且旌表⑦了她的坟墓。

【注释】

① 汉朝：刘邦灭了秦朝，便统一天下，国号叫作汉。辖今黄河、长江、粤江三流域及辽宁、新疆、蒙古、越南和朝鲜北部。

② 东海：汉朝的郡名。今山东东南、江苏东北，直到海边一带地方都是。

③ 太守：汉朝的官名。就是秦时的郡守，也就是后来的知府，食俸二千石。

④ 诬（wū）告：法律名词。凡有意地控告无罪的人，硬说他有罪，叫作诬告。

⑤ 狱吏：管理牢狱的官吏，犹如现在的监狱官。

⑥ 狱词：罪犯的判决书。

⑦ 旌（jīng）表：有孝、义、贞、节或特殊美德的人，由国家建坊赐匾去表扬他，叫作旌表。

中
华
典
籍
故
事

# 左慈的幻术

【故事】

　　左慈①小时候就精通幻术②，变化莫测，乡人对他都非常惊奇。

　　有一次，曹操③请客，他和许多宾客都被曹操请了去。曹操笑着对大家说道："今天大家都聚在这里，我心里非常快乐，并想很丰盛地请你们一顿。山珍海味，都已齐备，可惜只少一样吴淞江④的鲈鱼⑤了！"

　　左慈听说，很从容地答道："请您不要忧愁，这是很容易得到的啊！"说完，便叫侍役去拿了一个铜盘，盛了些水，他又拿了一根钓鱼竿，向铜盘里仿佛在河里钓鱼一般钓着，一忽儿，不知怎地，果然钓了一尾鲈鱼出来了。

　　曹操欢喜得什么似的，狠命地拍着手，许多宾客也都十分惊奇。过了一会儿，曹操又说道："可惜只有一尾，不够这许多人吃，有两尾就好了！"

左慈道："那也不难，再钓一尾就是了！"他便再去钓着，不一会儿，真的又钓起了一尾。他所钓得的鲈鱼，都有三尺多长，而且又非常鲜活，曹操很快活地叫人去烹了，预备亲自去分给席上的宾客们享用。

曹操要想试他的幻术，又故意装作懊恼的样子道："现在鲈鱼是得到了，可惜还缺少蜀⑥中的生姜，真是美中不足啊！倘若鲈鱼里再放些蜀中的生姜，那么滋味一定更加鲜美了！"

左慈又说道："这也容易得到的！"

曹操防他在近处去买了来冒充，便说道："我已派人到蜀中去买锦，你如果叫人去买生姜，可以顺便告诉他，再给我添买两匹。"

一忽儿，左慈派去的人已带了许多生姜回来了。他对曹操说道："在买锦的店里，遇着您派去的那个人，我已经传了您的命令，叫他添买两匹了。"

过了一年多，曹操的使者才回来，果然已添买了两匹蜀锦，曹操问他道："为什么要添买两匹？"

　　他说："去年某月某日，在蜀中买锦的店里，碰见了一个人，他说您要我再添买两匹的。"曹操计算着日月，却正是左慈派人去买生姜的那一天。

　　后来，曹操到城外去玩，跟他去的人一共有一百多，左慈也在其中。左慈带了一瓶酒、一片干肉，他亲自拿着酒瓶，替大家斟着，哪知一百多人吃了他的一瓶酒、一片干肉，都吃得又醉又饱。

　　曹操十分奇怪，派人去调查，查到了酒店里，才知道附近几家酒店里的酒和干肉，已经统统失去了。曹操大怒，便打算要将左慈杀死。

　　有一天，恰巧左慈又到曹操这里来了，曹操便暗地里叫人来捉住他，哪知扑了一个空，他却已从从容容地往墙壁中走了进去，倏忽不见了。

　　曹操捉不住他，更加愤怒，便悬了重赏缉捕他。当天就有一个人，看见左慈在街上走着，正要去捉他，哪知一霎时，街上所有的人，形状衣式统统变得和左慈一模一样了。那人看见了这许多左慈，也不晓得谁是真的，谁是假的，终于不敢去捉他。

　　过了几天，又有一个人，看见左慈在阳城山⑦上，那人便追了上去，哪知左慈却走入一群山羊当中，忽而不见了。曹操知道左慈的变幻无穷，无法去捉他了，便叫人对着羊群说道："曹公不是真要杀你呀！本来也不过是试试你的法术罢了！现在既然已经试验出了，曹公是很佩服你的，很希望和你相见呢！"

　　说罢，只看见一只老羝⑧屈着两个前膝，像人一般立着，说道："就来了！"

　　那人便指着那只老羝说道："这只羊一定就是左慈变的！"于是，大家便争先恐后地跑去捉他，满想捉住了，好带到曹操那里去领赏。哪知等他们跑近前去，几百只羊都变成了老羝，而且都屈着前膝，像人一般立着，同声说道："就来了！"因此，大家又认不出哪一只羊是左慈，又只得让他逃过了。

【注释】

① 左慈：字元放，东汉末庐江人。

② 幻术：就是变戏法，如吞刀、吐火之类。

③ 曹操：字孟德，小名叫作阿瞒。本姓夏侯，他的父亲夏侯嵩，是宦官曹腾的养子，所以便冒姓曹氏。东汉时，起兵讨董卓有功，便做大将军，进位丞相，封魏王。他的儿子丕，篡汉，追尊他为武帝。——《搜神记》原文，但称曹公。

④ 吴淞江：太湖最大的支流。一名笠津，一名淞陵江，也有称为淞江或吴江的。从太湖东北流，经过吴江、苏州、昆山、青浦、嘉定等地，合黄浦江入海。

⑤ 鲈（lú）鱼：鱼身色白，有黑点，嘴很大，鳞很细。淞江有四腮鲈，但身体椭圆，只长二三寸，魏晋时已很著名。

⑥ 蜀：就是现在的四川省。

⑦ 阳城山：在今河南登封市东北，俗名车岭。

⑧ 羝（dī）：雄羊。

# 泰山府君

【故事】

　　泰山①脚下有一个姓胡名母班的人，有一次他到长安②去，打从泰山旁边经过，忽然在树林里，遇见了一个穿绛色衣服的驺卒③。那驺卒一见了胡母班，便大声地说道："泰山府君④请你呢！"

　　胡母班被他叫住了，十分惊诧，立着一句话都说不出来。过了一会，又来了一个驺卒，和前一个一样地向他说道："泰山府君请你呢！"

　　胡母班经他一催促，便不自知地跟着他走了。走了几十步之后，那驺卒又对他说道："现在请你将眼睛暂时闭一下，一会儿就要到了。到时我自会告诉你的，否则，你千万不要睁开眼睛来！"

　　胡母班依了他的话，将眼睛闭着，只觉两脚已离了地，仿佛在空中飞腾一般，过了一会儿，果然便听见那驺卒说道："到了。"他一睁开眼睛来，只见面前排列着许多高大庄严的宫室，直使他看得惊疑不止。

那驺卒便带他进了宫，拜见了泰山府君，府君十分优待他，而且特地为他设备了一桌很丰盛的酒席，府君亲自陪着他喝酒。席间，府君对他说道："我请你来没有别的用意，不过，要请你带一封信给我的女婿罢了！"

胡母班受了府君殷勤的款待，知道是不会有什么恶意的，便很从容地问道："请问令婿在什么地方呢？"

府君道："我的女儿是嫁给河伯⑤的。"

胡母班道："您叫我带信去，不晓得应该怎样送法？"

府君笑答道："你此去经过河的中流时，只要敲着船边，叫几声'青衣'⑥，便会有人来拿的！"

胡母班喝完了酒，辞别了出来。刚才引导他的那个驺卒，仍旧叫他将眼睛闭着，不久，便到了先前来的那地方。后来他坐了船，放到河的中流，照着府君的话，将船边敲了几下，喊了几声'青衣'，果然立刻有一个婢女从河里走出来，拿

搜神记神话

了信去，便不见了。

过一会儿，婢女又出来了，对胡母班道："河伯要请你去见一见！"

胡母班点着头答应了她。婢女也请他闭起眼来。即刻便到了河伯府里，河伯也大设酒筵请他，也是非常地殷勤。

胡母班回去的时候，河伯对他说道："劳你老远地给我带信来，我是很感激的。现在，我打算送一件东西报答你！"说着，叫左右的人，去拿了他自己穿的青丝履来，交给胡母班道："这双青丝履请你收下，留一个纪念吧！"

胡母班回来的时候，闭着眼睛，不知怎样便回到了船里。后来他便到了长安，住了一年多。

他回去的时候，经过泰山的旁边，便敲着树说道："胡母班从长安回来了，要来报告消息。"

前次那个骖卒立刻又出来引导他，嘱咐他照着老法闭起眼睛，不久，便到了泰山府君的宫里。他便将河伯的回信，交给了府君。

府君接到信，很客气地对他说道："多多地烦劳了你，容我以后图报吧！"胡母班谦逊了一会，因为这时忽然觉得肚子有些疼，便往厕所里走去。哪知刚走进了门，就看见他已死的父亲，上了刑具，跟着和他同样的几百个人，一起在做苦工。他看了很觉伤心，急忙走过去，跪着哭起来道："父亲，你为什么会弄到这样的呢？"

他的父亲道："我死之后，不幸被派做三年苦役，现在已经做了两年了，困苦得真是难以形容啊！我晓得你已被府君所赏识了，你可以给我去求求府君，请他免去我这苦役，赐我做一个家乡的社公⑦吧！"

胡母班照了父亲的旨意，去请求府君。府君道："活人和死人是处于两个境地，不可互相接近的，你父亲的苦况，你也不用去怜惜他。"后来，经不得胡母班苦苦地哀恳，才允许了他的请求。

胡母班辞谢过府君，回到家里，过了一年多，不知怎地，他的儿子们都生起病来了，虽然尽心地医治着，看护着，终于是一点儿效验也没有，儿子们便这样接连地全死了。他急得什么似的，他没有别的办法了。无可奈何，只得跑到泰山旁边去，敲着树，要求府君救护。

他敲了几下树，那驺卒又走了出来，领着他去见府君。他对府君说道："自从我回家之后，不知道为什么，儿子们都相继死了。我怕将来还有别的祸患发生，所以急忙来告诉您，要请您可怜我，救救我才是！"

府君很惋惜地道："从前你请求我，免去你父亲的苦役，起初我不答应，就是怕你和你父亲接近了，要得到这样的灾祸呀！"说罢，便派人去叫胡母班的父亲来问话。

不久，胡母班的父亲走了进来。府君见了他，很生气地说道："从前你叫你儿子来请求我，罢免你的苦役，回家乡去做社公，我本不愿允许你的，因为你儿子的孝心所感，便都答应了你。我想你回去之后，总应当替你儿子造些幸福了，现在，反而将孙子们都克死了，这是什么道理呢？"

胡母班的父亲被府君责问了，颤抖着答道："蒙您的恩典，使我回到久别了的故乡，心里非常开心。又得着佳肴美酒的供养，每天饱食醉酒，很觉适意。因此，更加思念着孙儿们，便统统叫了他们来，和我一块住着，以便时时刻刻可以和他们晤面。"

府君听了这话，又狠狠地责罚了他一番。

父亲知道了自己的过错，大为伤心，流着泪退了出去。

后来胡母班也便回去了。从此之后，他所生下来的儿子，便都没有一点儿灾殃了。

## 【注释】

① 泰山：就是东岳，为五岳之一，也叫作岱宗，在山东泰安市北，周围约一百六十里，高约四十余里。峰峦起伏，最著名的一峰叫作丈人峰。

② 长安：古时的都城，汉惠帝时所筑，亦名斗城，在现在陕西西安市西北。

③ 驺（zōu）卒：就是仆役。凡显贵出门时，前后侍从的人，叫作驺卒。

④ 泰山府君：我国旧时传说，人死后，便魂归泰山。泰山府君便是驻守在泰山，统治这些灵魂的神。

⑤ 河伯：统治黄河的神，据说名叫冯夷。

⑥ 青衣：古时限制贱役，只准穿青色衣服，后来就作为婢女的专称。

⑦ 社公：管理里社的神，俗称土地。

# 细　腰

【故事】

张奋家里本来是很富的，后来他年纪大了，家里忽然衰败起来，便将他自己住着的一间大屋子，也卖给程应了。

程应买了房子，非常高兴，立刻，把全家的人都搬了进去。哪知他们一搬到这屋子里，不久，大家都生起病来了。程应大惊道："这屋子里一定有妖物作祟①，这是一间不吉利的屋子，所以一住进来，都会生病的。"

于是，程应便把这屋子去转卖给何文。

何文却不信妖物，他说："倘若真是妖物，我也要想法子去镇服它的！"

可是，他家里的人却不敢去住。他只好一个人先搬了进去，等到太阳已经完全西沉了，他便拿了一把大刀，跑到北堂中，躲在梁上去等待着。

一直等到三更时候，果然看见一个身体有一丈多长的人，戴着高大的帽子，穿了金黄的衣服，走进堂中来，高声地叫道："细腰！细腰！"

立刻便有一个细长的人答应道："喏（rě），喏，喏！"

穿黄衣服的人问道："这屋子里为什么有生人气呢？"

细腰答道："没有呀！"

穿黄衣服的人听了，也不说什么，便自去了。

一会儿，又来了一个戴着高大帽子，穿着青衣服的人，叫了细腰来同样地问道："怎么有生人气呢？"

细腰仍答道："没有呀！"

穿青衣的人走后，又跑来了一个戴高帽穿白衣的人，他一走进来，也喊着细腰问道："怎么满屋子的生人气呢？"

细腰还是回说："没有呀！"

等到天快要亮的时候，何文便从梁上走了下来，学着他们的样，在堂中高叫道："细腰！细腰！"

细腰果然立刻就来了。他不知道何文是人，他还以为是同类呢！何文便问细腰道："穿黄衣的是谁？"

细腰道："他叫作金，他住在堂西面的墙壁下。"

何文又问道："穿青衣的呢？"

细腰道："他叫钱，住在堂前，离井边五步的地方。"

何文暗自忖度了一下，便又问他道："穿白衣的呢？"

细腰道："他叫作银，住在墙东北角的一根柱子下。"

何文便又和颜悦色地向细腰道："那么你是谁呢？"

细腰极谦恭地道："我名杵②，现在就住在厨房里！"

细腰见何文不再问什么了，他便回厨房去了。

第二天早上，何文照了细腰所说的地点，先到堂西墙壁下去掘，果然得着五百斤金子；在墙东北角的一根柱子下，又掘着了五百斤银子；在堂前井边五步的地方，掘着了千万贯③铜钱。他又到厨房里去找着了一根杵，将它烧毁了。

从此，他便变成一个大富翁。他全家的人，后来也搬进了这屋子，他们都很平安地住着。

【注释】

① 作祟（suì）：鬼神施祸患于人叫作祟。

② 杵（chǔ）：舂米用的槌子。

③ 贯：一千个钱，叫作一贯。

# 卖身葬父

【故事】

汉朝①时候有一个董永，是千乘②地方的人，小时候就死了母亲，家里只有一个父亲。他的父亲是种田的，他驾着鹿车③，跟着父亲种田，非常地勤恳。

可是，他家里却很贫穷。后来，他的父亲死了，连丧葬的费用也没法筹措。他急得无法可想，只得将自己的身体去卖给人家做奴隶，拿了卖身钱来给父亲料理后事。

他的主人知道他是一个孝子，很嘉许他的行为，给了他一万个钱，叫他仍旧回到自己家里去，永远不要他来当奴隶。当时，他感激得什么似的，便拜谢了主人，带了一万个钱，回家料理父亲的后事去了。

过了三年，等到董永守满了父亲的丧，他便

打算回到主人家里去，尽做奴隶的义务。哪知他走到半路上，便遇见了一个妇人。那妇人很亲昵地对他道："我愿意做你的妻子，你能允许吗？"

董永看那妇人十分温柔可爱，立刻就答应了她的要求。他们俩便一同往主人家里去。

主人见他们来，惊讶地问董永道："我因为你的孝行可嘉，所以拿钱送给你，已叫你自由地回去过活，以后不必来当奴隶了，现在你为什么还要来呢？"

董永道："蒙您给我一万钱，使我可以料理父亲的丧事，我受了您的恩惠，永世不会忘记了。但是，我虽然是小人，平白地受你的钱，却不愿意，必定要替你做点儿事，报答你的恩惠的。"

主人道："你的妻子能做什么呢？"

董永道："她能够织绸。"

主人欢喜道："你还是回去吧！倘若一定要给我做一点儿事的话，那么，只要叫你妻子，给我织一百匹绸就是了！"

于是，董永便留着他的妻子，在主人家里织绸。

过了十天，董永又到主人家里去看他的妻子，哪知他的妻子刚好已经把一百匹绸完全织好了。主人看她织得又快又好，很是惊奇。董永要接她回到家里去，便告辞了主人，一同走出门去。

他们刚走到大门口，那妇人对董永道："我是不能跟你到家里去的，也不能真做你的妻子的。其实我是天上的织女④，因为天帝嘉许你的孝道，可怜你的贫穷，所以叫我来帮助你偿清债务，使你可以得到自由的身体。现在你回去好好地过活吧！"

她说罢，身体便渐渐上升，驾着云去了。

董永立着看得呆了，他又是感激，又是失望，不觉落下了几滴泪来。

【注释】

① 汉朝：见《受冤的孝妇》篇注。

② 千乘（shèng）：汉郡名，约当现在山东滨州市和博兴、高青等县地。

③ 鹿车：窄小的车子。

④ 织女：星名，据说是天帝的女儿，曾嫁给牵牛星做妻。

# 奇幻的于吉

【故事】

孙策①和于吉②带了将士渡江③去袭取许④地。

这时天气很热，又逢大旱，江中热得和煎烤一般，将士们都感觉十分地疲困。

孙策急于要进兵，因此要将士们赶紧渡过江去。有一天，他便亲自走出船去督师。他看见将士们，大半都在于吉那边，因此，孙策便大怒道："将士们这样地趋附于吉，简直是没把我放在眼中了！难道我竟不如于吉吗？唉，要团结军心，非先把于吉杀了不可！"

孙策便叫人去捉了于吉来，对他骂道："天这么旱，路上又不好走，我因此想趁这早晨，天气比较凉爽的时候，赶紧进兵。哪知你却不但一点儿也不放在心上，反而若无其事地坐在船里，施出妖法来蛊（gǔ）惑将士们，扰乱军心，你的罪非处死刑不可了！现在姑且给你一条生路，你若是能够感动上天，日中能请到雨的话，我便赦了你的罪，否则，我便要杀死你！"

孙策说罢，便叫人把于吉捆绑起来，放在烈日下晒着。

一忽儿，乌云密布，等到日中，果然大雨沛然下降，直将溪河都涌满了。将士们都非常欢喜，他们以为于吉请到了雨，孙策一定能够赦他的罪了，大家都跑到于吉那里去庆贺他，安慰他。

哪知他们这种举动，却更引起了孙策的忌恨，孙策道："于吉能有这样大的妖法，将士们又都这样同情于他，倘若真的赦了他的罪，岂不是留了后患吗？"于是，他便叫人将于吉杀死了。

将士们都十分哀悼痛惜，大家商量着，将他的尸身藏起来，预备去掩埋。等到晚上，忽然起了层层的云雾，遮盖在他尸身的周围，直把个尸身遮蔽得看不见了。第二天，将士们要想去搬了他的尸身来埋葬，哪知无论他们怎样地找寻，最后也没有找到。

孙策杀死了于吉之后，一个人坐着的时候，

便看见于吉在他的左右。他非常恼怒，可是也想不出方法来驱逐他，渐渐地，孙策的神经因此起了变化。

后来孙策生了许多疮，经过了很久的治疗，刚要痊愈起来，他很欣喜地自己拿着镜子照着。忽然看见于吉在镜子里向他笑，他忙把头避开，不去看他。过了一会儿，他又去照镜子，哪知于吉还是在镜里，他又忙把头避开。这样地到了第三回，他竟吓得丢了镜子大叫起来。

因此，他刚要痊愈的疮口，又破裂了，不久竟丧了命。

【注释】

① 孙策：三国时人，字伯符，吴主孙权的哥哥。死时年二十六岁。权称帝，追谥他为长沙王。

② 于吉：三国时琅琊人，能用符水替人治病。

③ 江：指长江。

④ 许：今河南许昌市。

# 蝼蛄救命

【故事】

从前，有一个庐陵<sup>①</sup>太守，姓庞名企，是太原<sup>②</sup>地方的人。他常常喜欢对人家说一个关于他祖先的故事。

他说："我有一个远祖，但是，已经记不起是哪一代了。这位远祖做人本是很有德行的，后来因为被人家所牵累，便被官厅捉了去，其实在他是一点儿罪也没有的。因为受不住官厅拷打，只得把官厅要他招认的罪名，统统招认了出来。于是，他便被关在监狱里去了。

"他离开了家人朋友，很凄苦地关在监狱里，等候着死神的来临，心里非常地悲伤。有时向四周望望，只看见一个小小的蝼蛄<sup>③</sup>，常常在他的身旁爬着，好像是依依不舍地在安慰他的忧戚。他因此很感叹地道：'蝼蛄，蝼蛄，你这样地依恋着

我，莫非是知道了我的心事了吧？唉！倘若你有神灵，能够想法来救我，那就好了！’

“他说完了，就将他吃剩下来的饭，给了它一些。蝼蛄把饭吃完了，便爬去了。过了一会儿，蝼蛄又来了，并且和刚才一样地在他的身旁爬着。不过，看看它的身体，却比去时已长大了许多。他觉得很奇怪。后来他每在吃饭时，总把饭喂给蝼蛄一些，蝼蛄便一天天长大，几十天之后，直大得像猪一般了。

“到了他将要处死刑的前一天晚上，那只大蝼蛄，忽然很努力地向墙脚边掘着。还没有到天亮时，已经掘成了一个大洞。他得到了这个机会，便趁着管监狱的人睡熟的当儿，从这个洞里爬了出去，偷偷地潜逃了。

“自从他逃出监狱之后，又过了好一晌，他的冤枉居然被昭雪④了，官厅里也便赦了他的罪，不再去杀他了。

“他每次记起那蝼蛄，使他逃过刑期，救了他的性命，自然十分地感激。后来他的子孙，也都感激那蝼蛄，每逢过节的时候，总特地备了丰盛

搜神记神话

的酒菜，到热闹的街上去祭它。这个祭祀，传了几世之后，才有些懈怠下来，我们才不专诚去祭它，只在祭祀我们的祖先时，附带着祭一祭它罢了。以后便一直这样地留传了下来。"

【注释】

① 庐陵：就是现在江西的吉安县。

② 太原：今山西太原、汾阳地区。

③ 蝼蛄（lóu gū）：害虫，身体长约一寸余，褐色，有软毛，很短；前后共有四翅，常常用前肢掘地，损害稻麦的根部。

④ 昭雪：明白洗清了冤诬。

# 孔子的遗言

【故事】

汉朝①永平②年间，会稽③地方有一个钟离意④，正在鲁⑤地做官。

他生平是很崇拜孔子⑥的，所以他一做了官，便将他自己的钱拿了一万三千出来，交给户曹⑦孔诉，叫他去修理孔子的车子。

钟离意又带了张伯到孔庙中去，瞻仰孔子的遗物。钟离意亲自揩抹着桌、椅，以及孔子用过的剑、鞋等物。

张伯在堂下铲除蔓草，无意中在泥里掘出了七块玉，张伯看得喜欢，私下藏起了一块，拿了六块去交给钟离意。钟离意便叫主簿⑧去供在桌子上。

钟离意走到孔子教授堂里，看见床头横木上挂着一个瓶子，他不知道挂着做什么的，心里很诧异，便去叫了孔诉来，指着那瓶子问道："这是什么瓶子，挂着做什么用的？"

孔诉答道："这是夫子瓮（wèng），里面藏着红朱的字条，从来也没有人敢打开来看过。"

钟离意道："孔子是圣人，他所以要留下这瓶子，是要启示后人的，有什么不可以看呢？"

说着，他便把瓶子解了下来，果然在里面拿出了一张条子，看见上面写着：

"后世的人来整理我的著作的，是董仲舒⑨；保护我的车子，揩我的鞋子，开我的箱子的，是钟离意。玉一共有七块，张伯私自藏下了一块。"

钟离意读了孔子的遗言，觉得事事都已应验，便感叹着道："孔子是大圣人，才有先知之明啦！"

后来钟离意叫了张伯来，问他道："地下一共埋着七块玉，怎么你只拿给我六块呢？"

张伯听了这话，大大地吃了一惊，知道是瞒不住了，便跪下来叩着头谢罪，并且将藏下的一块玉，也交了出来。

【注释】

① 汉朝：见《受冤的孝妇》篇注。

② 永平：汉明帝的年号。

③ 会稽：郡名，就是现在江苏东部、浙江北部。

④ 钟离意：字子阿，会稽人。

⑤ 鲁：现在山东曲阜一带。

⑥ 孔子：儒家之祖。春秋鲁国人，名丘，字仲尼。最初为鲁司寇，摄行相事，后来鲁国不能用他，便到列国去游历。回到鲁国，删《诗》《书》，定《礼》《乐》，赞《周易》，修《春秋》。死时年七十三岁，有弟子三千人。

⑦ 户曹：管理民间户口事务的属官。

⑧ 主簿：管理文书簿籍的属官。

⑨ 董仲舒：汉广川人。少年时，便研究《春秋》。

# 种 玉

【故事】

雒阳县①有一个杨公②，本来是经商的。他对他的父母很是孝顺，父母死了，葬在无终山③上。他因为不忍离开父母，便把家也搬往无终山上住下了。

这座山，从山脚到山顶，约有八十里，山上是没有地方可以取水的，所以上山的人要喝水，必须到山下去汲（jí），大家都觉得非常不便。杨公看到了这种情形，很想设法解除他们的困苦。于是，每天他便到山下去汲了许多水上来，煮了茶放在山坡上，给过路的人喝，使过路的人都能享受利益。

过了三年，有一个到他那里去喝茶的行人，拿了一斗石子儿送给他，对他说道："你拿这石子儿去种在山顶平坦而有石子儿的地方，这石子里面，将来会生出玉来的。"

这时候，恰巧杨公还没有娶妻，那人便又对他说道："将来，你还会娶一位贤德的夫人哩。"说罢，一忽儿，那人便不知去向了。

杨公知道那人必定有些来历，便把石头照着他的话种了起来。过了几年，他跑到那地方去看，果然看见有许多宝玉生在石子儿堆里，但是，除他以外，却没有一个人知道。

有一家姓徐的人家，是右北平④地方的望族，有一个女儿，非常贤淑，求婚的人虽然很多，却是一个也没有选中。杨公听到了这个消息，也跑到徐家去求婚。

徐家看了他这副鄙陋的模样，觉得他这种请求，太不自量了，大家以为他是害了神经病的。因此，和他开玩笑道："你若是能够拿一对白璧⑤来做聘礼⑥，便允许你婚配。"

杨公是正直的人，听了他们的话，信以为真，跑到自己种玉的田里，去找白璧，果然给他找着了五对。他便拿了来，送到徐家去做聘礼。

徐家看了这五对晶莹纯洁的白璧，很是惊奇，知道他不是一个普通的人。而且，有言在先，不能反悔，便将女儿许配给了他。于是，杨公便得到了一位贤德的夫人。

杨公因为德行高超，得到异人的救助，一传十，十传百地把这事颂扬了开去，渐渐地传给皇帝知道了，皇帝知道他是贤人，便拜他为大夫。

后来杨公在种玉的地方的四角，建起了一根一丈长的大石柱，中央一顷大的地方，取名为玉田。

【注释】

① 雒（luò）阳县：就是洛阳，在今河南省。

② 杨公：一说名阳雍伯，春秋时人，能爱人博施。

③ 无终山：亦称翁同山，在今天津市蓟县北。

④ 右北平：郡名，就是现在河北省的东北部和内蒙古宁城、辽宁大凌河上游一带地方。

⑤ 白璧（bì）：璧是平圆形的玉，直径约六寸，中间开一个小孔的。白璧，是用白玉做成。

⑥ 聘（pìn）礼：男女订婚时，由媒妁送到女家去的币帛，叫作聘礼。

# 板上的遗嘱

【故事】

从前，汝阴①地方鸿寿亭附近，有一个姓隗（wěi）名炤（zhāo）的人，他是善于卜易②的。

他在临死的时候，拿了一块板写了字，交给他的妻子道："我自知这病是不会好了，撇下了你，我心里是多么难过啊！而且，我死之后，不久，便要逢着荒年了，生活一定是很艰难的。不过，虽然如此，你也要竭力忍耐着，千万不要将这间住屋卖去！再过五年，在春天的时候，应当有一个天子的使者来住在这鸿寿亭里。这人姓龚，他曾经欠了我的钱，没有来归还，等他来时，你可以拿我交给你的那块板去给他看，向他去讨还欠我的钱，不要忘记啊！"说罢，他便断了气。

隗炤死了之后，果然接连过着荒年。他的妻子十分困苦，渐渐地有些忍耐不住了。她每回打算将住宅卖去，但是，想着了丈夫临终的嘱咐，便又将这念头打消了，这样不知一共有多少次。

五年后的一个春天，真的有一个姓龚的使者到汝阴来，就住在鸿寿亭里。隗炤的妻子，得到了这个消息，记起了丈夫临死时的话，立刻拿了那块板，去向他讨钱了。

姓龚的使者看了这块板，不觉怔住了，细细地思索了好一会儿。半晌，才问隗炤的妻子道："你拿这个给我做什么呀？"

隗炤的妻子道："你曾经欠了我们的钱，没有归还，我来向你讨钱的呀！"

姓龚的使者听了她的话，吃惊道："我平生没有欠过别人的钱，这是怎么一回事呢？"

隗炤的妻子道："我丈夫隗炤临死的时候，写了这块板交给我，他说你借了他的钱没有归还，叫我等你来时，拿了板来向你讨的。"

姓龚的使者被她缠得莫名其妙，想了半天，才恍然觉悟，便叫人拿了些蓍草③，占起卦④来。占好了，拍着手叹道："隗生有这样的先知之明，隐居在这乡村上，而没有人知道他，这种人可以算作明于穷富之道，洞察吉凶之遇了！"

于是，他便很和蔼地对隗炤的妻子道："我没有欠你的钱。照这卦上，是贤夫自己有金子藏着。因为，他知道自己死后，必定要暂时贫穷几年的，所以将金子藏着，要你留着等太平的时候拿出来使用。至于没有预先告诉你的缘故，是怕你将这些金子在荒年时候用完了，以后便要一直贫困下去了。他晓得我是善于卜易的，所以托言向我讨钱，叫你拿这板来传达他的用意给我罢了。他藏着的金子，一共有五百斤，用一个青色的罂⑤盛着，上面有铜柈⑥盖着。这罂子埋在离开堂屋的东头约一丈远的地方，入土约九尺深。"

隗炤的妻子回到家里，照着卦上所指示的方向掘下去，果然得到了五百斤金子。从此，她的生活便富裕了。

【注释】

① 汝阴：汉朝设置的县名，到元朝才废止。就是现在安徽阜阳市一带。

② 卜易：凭着占筮，预知吉凶的一种方术。

③ 蓍（shī）草：草名，约二三尺高，叶细长分裂，开花多白色，或淡红色，略似菊花。大的每株约有五十余茎，古人常常用它作占筮的器具。

④ 卦：古时记形的文字，是伏羲氏的创作，共有八卦。从八卦中再加变幻，便成六十四卦，占卜时都要用到它。

⑤ 罂（yīng）：盛酒的瓦器。

⑥ 铜柈（pán）：就是铜制的盘子。

# 十九郎借寿

【故事】

  管辂①是精通相术②的，有一次，他到平原③去，有一个少年名字叫作颜超的，去请他看相。他见了颜超，大惊失色地问道："你今年几岁了？"

  颜超道："十九岁了！"

  管辂道："看你的脸色，主着夭亡④，今年是一定要死了！"

  颜超猛地听了这话，心里非常惊恐，急忙去告诉了他的父亲。

  父亲得了这个消息，自然十分悲伤，便立刻跑去找着了管辂，要请他设法给颜超延命。

  但是，管辂却向他说道："我只能相命，却不能延命，生死自有定数，哪里是我所能改变的。"

  父亲受了管辂的拒绝，还是苦苦地哀求，不肯罢休。管辂看他一片爱子的慈情，很觉可怜，便对他说道："真的，我是无法替你的儿子延命的，现在姑且指示你一个可以搭救他的人吧！"

父亲问道："那人是谁？住在什么地方呢？"

管辂道："你回去预备一瓶清酒，一斤鹿肉，在卯日⑤那天，可以叫你的儿子带了这两样东西，到刈（yì）麦地南的大桑树下面去。这地方必定有两个人坐着下围棋，只要叫他去替他们酌酒进肉，倘若他们吃完了，那么再送上去，一直把一瓶酒、一斤肉吃完了为止。假如他们问起来，便不住地向他们拜着，切记着不要开口！那么必定会有人来搭救他的！"

父亲回去，将管辂的话，告诉他的儿子。到了那一天，颜超便带了酒肉到那地方去，果然看见有两个人坐在大桑树下下围棋，他觉得管辂的话，第一步已经有了应验，知道自己的性命已遇着了救星，心里十分喜欢，于是依着管辂的话，先将鹿肉献上去，然后不住地跪着替他们斟酒。

在大桑树下下围棋的那两个人，正在兴高采烈的当儿，忽然嗅到一阵酒肉香，不觉馋涎欲滴，便不经意地拿来吃喝着，一点儿也没有注意到颜超的行动。等到他们把一瓶酒、一斤肉完全吃喝完了以后，坐在北面的那人才看见了颜超，便勃然大怒道："这是什么地方，你怎敢跑来？"

颜超突然受了怒骂，大大地吃了一惊，后来记着了管辂吩咐的话，立刻很镇静地，一句也不开口说，只是很哀苦地向他们拜着。

幸亏坐在南边的那人，比较慈悲些。他看了颜超那副可怜见的样子，却动了恻隐之心，便帮着颜超向北边的那人说道："我们刚才不是吃过他的酒肉，难道连这点儿感情都没有吗？"

北面的那人被他这样一说，也有些感动了，便说道："并不是我不肯救他，只是文书⑥已经写就了，还有什么办法呢？"

南面的那人道："那么，请你把文书给我看一看吧！"

北面的那人便将文书交给了他，只看见上面写着："颜超应享寿十九岁。"

南面的那人踌躇了一下，便拿起笔来，将"十九"两字，颠倒地勾了一下，便变成了"九十"两字。他将改过了的文书重复看了一遍，笑着对颜超道："救了你，给你活到九十岁吧！"

颜超拜谢过这两位下围棋的人，便回去了。

立刻，他将这事儿去告诉了管辂，管辂道："坐在北面的是北斗，坐在南面的是南斗⑦。北斗是管人死亡的事的，南斗是管人投生的事的。今天他们大大地帮助了你。恭喜你，竟增加了这许多年的寿！"

【注释】

① 管辂（hé）：三国魏平原人，字公明。精通《周易》，深明卜筮，凡有占卜，没有不灵验的。他常常说："我是一定活不到四十九岁的，也许连儿女的婚嫁也看不见了。"后来，果然活到四十八岁便死了。

② 相（xiàng）术：观察人的官体、容色，来决断祸福的一种方术。

③ 平原：郡名。在今山东济南的西部，北自乐陵，南至长清都是。

④ 夭亡：就是短寿。

⑤ 卯（mǎo）日：旧历以干支纪日，卯日，就是逢着卯的日子。

⑥ 文书：就是公牍。

⑦ 北斗、南斗：都是星名。

# 寿光侯捉妖

【故事】

寿光侯①能够捉妖物，一经他作法，无论大小百妖，立刻便现着原形死了。

离他住的地方不远，有一个妇人给妖物迷住了，病得很厉害，她家里的人急得没法，便去央求寿光侯，请他来为她捉妖。果然，经他作法之后，便有一条几丈长的大蛇，死在门外，那妇人的病也立刻痊愈了。

在他住的地方附近，还有一株大树，据说，这大树中一向有妖物躲着，倘若有人立在它的下面，便要死的；鸟飞过它的上面，也会跌下来，近处的人都很惧怕它。寿光侯要为乡人除害，便到那里去捉妖了。这时正是夏天，他作了法，大树上的叶子，统统都枯萎而掉下来了，只看见一条七八丈长的死蛇，挂在大树的枯枝上。从此，大树的近旁，便没有祸患了。

汉章帝②听见寿光侯捉妖的故事，大为疑讶，便派人去将他叫来，问他道："听人说你会捉妖物，可是真的吗?"

寿光侯道："是的，我会捉妖物!"

章帝指着他坐处道："在这宫殿下有妖物作祟，在夜半的时候，常有几个穿着绛③色衣服的人，披散了头发，拿了火，走来走去。像这种妖物，你能够捉住他吗?"

寿光侯道："这不过是一种小妖罢了，捉住它是再容易也没有了!"

章帝有意要试验寿光侯的法术，夜半时候，便叫三个人扮了妖物，在殿下走着。

寿光侯作起法来，那三个人立刻都倒在地上死了。

章帝惊惶失色，大叫起来道："这三人不是妖物，是我叫他们假扮着来试试你的啦!"

于是，寿光侯又作法给他们禳解④，过了一会，他们便都活了过来。

【注释】

① 寿光侯：汉朝人，能够役使鬼神。

② 汉章帝：明帝的儿子，名炟（dá），在位十三年。

③ 绛（jiàng）：红的颜色。

④ 禳（ráng）解：用祭祀来解除邪祟。

# 田螺精

【故事】

　　晋朝①安帝②的时候，有一个少年姓谢名端，幼小的时候，父亲和母亲便都死了，而且又没有亲戚，伶仃孤苦，一点儿也没有依靠。邻人看他可怜，便将他带回家去，抚养着。

　　谢端到了十七八岁的时候，便循规蹈矩的，凡是不应该做的事，从来也不肯去做的。邻人看他这样地恭谨自守，便让他独自去居住了。

　　这时，谢端还没有娶妻，他既然一个人住着，家里的事，当然没人给他料理。邻人因此很可怜他，惦念他，常常劝他娶一个妻子来，以便帮助他料理一切的事。但是，终于没有得到一个相当的人。

　　谢端以耕田为生，每日很早地起身，很迟地睡，十分勤苦地工作着。有一次，他到邑③中去，在半路上，无意中看见一个像能盛三升水的壶子一般大的大田螺④，觉得很奇怪，便带了回去，将它放在坛子里养着。

过了十几天，有一天吃午饭的时候，谢端从田里回到了家里，只见桌上已罗列着热腾腾的一桌饭菜。他以为是邻人替他准备的，竟毫不疑虑地享用了。

以后，他每天回去吃饭，总预先有饭菜烧熟了等他，没有一天间断过。谢端心里很感激邻人，便跑到邻人家里去道谢。他向邻人道："我早上出去种田，劳你天天到我家里，给我烧菜煮饭，时常受着你的恩惠，使我不胜感谢了！"

邻人听了他的话，怔住了，半晌才答道："我又没有给你烧菜煮饭，怎么你突然跑来谢我呢？"

谢端还当是邻人没有听明白他的话，所以不承认，他也便不去和他分辩了。

过了几天，菜和饭仍继续给他煮着，谢端又向邻人道谢，邻人仍不承认是自己替他准备的，这样已不知有几次了。

最后，谢端实在忍耐不住了，便将家里的情形，详详细细地告诉了邻人，切切实实地问他道：

"到底是不是你给我做的？"

邻人被他追问得无话可答，便故意取笑他道："你自己秘密地娶了妻子，藏在家里替你烹调，恐怕别人知道，所以故意推说是我替你做的吧！"

谢端这才明白绝不是邻人替他做的。但是，他是一个既无父母，又无亲戚的孤独者，除了爱怜他的邻人之外，还有谁能帮助他呢？因此，他默默地左思右想，终于猜不出是谁替他做的。

有一天，他故意特别出去得早些，听到了雄鸡的啼声，他便离开了家门，等到天一亮，却又偷偷地趐（xué）了回来。他并不推门进去，只在篱笆外面，偷瞧着家里的动静。

一会儿，只瞧见一个美丽的少女，从那个养着大田螺的坛子里钻了出来，袅袅婷婷地走到厨房里去，燃着了火，正要预备烹菜煮饭。

他瞧到这里，急忙跑进门去，一直到那坛子的旁边，哪知大田螺却不见了，只剩了一个田螺壳。于是，他径跑到厨房里，找着了正在燃火的少女问道："你是什么人？从什么地方来的？为什么来给我烹菜煮饭呢？"

少女听到了谢端的声音，才知道已经被他识破了，很惶急而恐惧地要逃到坛子里去。但是，早已被谢端挡住了去路，再也不能逃脱了。

经不起谢端再三地追问，她只得一五一十地告诉他道："我是天汉⑤中的白水素女⑥，因为天帝⑦看你做人规矩诚恳，处境又是这么孤苦，很是哀怜，所以叫我暂时给你来管家，替你烹饪。在十年之中，使你家里变得富有。等你娶了妻子，一切有人照顾了，我可回去复命。现在，你无缘无故地来偷看我，我的形体既已被你看见了，以后便不能再留在这里，应该马上辞去了。不过，因此你也不能致富了。以后你勤勤恳恳地耕着田，捕着鱼，以及别的工作，拿我这壳去藏米，粮食永远不会缺乏了。"说完，她便向谢端辞别了。虽然谢端是苦苦地挽留她，终于留她不住。

倏地，天空中起了狂风，下了暴雨，那天帝派下来救助谢端的素女，便在风雨晦冥中不见了。

后来谢端家里，果如素女所说，只能衣食充足，并没有怎样的富有。乡人却已十分羡慕，互相竞争着，要将女儿许配给他。他娶妻以后，又入仕途，做了令长<sup>⑧</sup>。

他感激素女的恩惠，终身不敢忘记，便给她立了一个神座，依时祭祀她，从来也没有间断过。这个神座，便是现今的素女祠。

【注释】

① 晋朝：司马炎受魏禅，国号晋，都洛阳，奄有中国大部分地方及朝鲜西北的地方。凡四主，共五十二年，是为西晋。后来元帝渡江，即位建康，又传十一主，共一百〇三年，是为东晋。

② 安帝：名德宗，晋孝武帝的儿子，在位二十二年。

③ 邑：都市。

④ 田螺（luó）：软体动物。壳为卵形，一端有厣（yǎn），全体色暗绿。栖息水中，用鳃呼吸。

⑤ 天汉：又名银河或天河，是无数微光的恒星集合而成。在夏秋二季，最容易看到：全体像一条灰白色的带，阔约十度到十五度。

⑥ 白水素女：古女神名。

⑦ 天帝：就是上帝。

⑧ 令长：掌治一县的官，等于现在的县长。

# 奇女子斩妖蛇

【故事】

东越①国的闽中②有一座庸岭③，有几十丈高，在岭的西北低下的地方，有一个大蛇窟。这个蛇窟里，有一条很大很大的蛇，它的身体有七八丈长，十多围粗。

这条蛇，不但身体粗长，而且常常要作祟，伤害人类，所以，这地方的人都很怕它。东冶④的都尉⑤和属城的令长⑥，也被它害死了许多了。必定要时常拿着牛羊去祭它，才能使它稍稍安静些，这真是一个惊人的祸害啊！

过了些时，这条大蛇益发闹得凶了。它竟托梦给人，下谕给巫祝⑦，对他们说道："牛羊我已吃厌，现在想吃十二三岁的女孩子了，快点儿给我去办来！否则，这地方的人不要再想活了！"

都尉和令长得到了这个消息，都很惊恐而忧

愁，但是，他们又哪里敢违背大蛇的命令呢？他们只得到婢仆们和有罪的人家去买了女孩子来养着，到了八月里，便将那女孩子送到蛇窟口去祭这条大蛇。

从此以后，便援以为例，一共已牺牲了九个女孩子了。这时，又碰着要招募第十个女孩子去作牺牲的时候了，但是，谁也不肯把自己的女儿去卖给蛇吃，这使都尉和令长多么地焦急啊！

将乐县⑧的李诞家里，一共有六个女儿，却是一个儿子也没有。他们的小女儿名字叫作寄应，生得很聪明，她听见了官厅里出钱买女孩儿的事，便向她的父母请求道："女儿听见官厅里正在出钱招买女孩子去祭大蛇，父亲和母亲何不就将我去卖给他们呢？"

父亲和母亲道："使不得！我们怎肯为了几个钱，将你送到蛇嘴里去？"

寄应又说道："父母生了我们六个女儿，既不能和缇萦⑨一般地帮助父母，又没有能力供养父母，养着我们毫无益处，徒然费掉些衣食罢了，还不如早些死了的好！倘若允许了我的请求，把我去卖了，那倒还可以拿到点儿钱给父母使用，不是很好的吗?"

但是，父亲和母亲当然不肯为了几个钱，将亲生的女儿去卖给蛇吃。他们终于不能听从寄应的请求。

寄应知道父母的意见已不能挽回，再请求也没有用了，便一声不响地独自逃了出去，——逃到了都尉和令长那里，说明愿意应募的来意。这是当然的，她被留下了。

这时，还没有到八月祭蛇的时候。寄应便预备了几石米饼，放了些甜的麦屑，又预备了一把锋利的剑、一只咬蛇的狗。大家看了都很奇怪，不晓得她要这些东西来作什么用。

到了祭蛇的那一天，她便带了米饼，牵了狗，身上又藏着那把锋利的剑，跑到蛇的庙里，坐着等待祭蛇的时刻。不久，祭蛇的时候到了，都尉和令长便对她说道:"你既愿意献身给蛇，此刻就应该到蛇窟口去等着了!"

寄应很从容地答道:"是的，我正要去了!"说着，便急急地跑了去，偷偷地把预备好的米饼向蛇窟口一放，她却躲在窟旁张望着。

都尉和令长看到这种情形，以为她害怕了，故意躲避起来，因此很愤怒地正要叫人去捉她，将她拖到蛇窟口去。

哪知那大蛇，却已爬了出来，两只眼睛仿佛是两面二尺大的圆镜，东照西耀，煞是吓人。它一看到了那些米饼，便狼吞虎咽地大嚼了，吃得非常香甜，非常专注。都尉和令长都看得呆了，终于没有将命令发下。

寄应偷看到这里，知道机会到了，便把手里牵着的狗放了。那狗一离开寄应，疯狂似的奔跑到蛇身边，狠命地将蛇身咬着。于是，寄应便举起了利剑，跑到蛇的身后向着它乱斫起来。

大蛇正贪吃着米饼，一点儿也没防备，等到受了重伤，更加无力抵抗了，因此，它只是乱蹦乱跳了一会儿，便倒在地上死了。

寄应杀死了大蛇之后，又爬到蛇窟中去探视了一回。她找着了以前被献给蛇作祭品的九个女孩子的髑髅⑩，便将它们都搬了出来，很愤怒地道："你们这种人，因为太怯弱了，所以会被蛇吃掉。唉，都是可怜虫啊!"

都尉和令长看了寄应这种惊人的举动，听了这种激昂的言词，又是惊奇，又是钦佩。大家张口结舌，半晌说不出话来。

寄应便在众人敬意的注视中，款款地走了回去。

从此之后，闽中便没有妖物作祟，人民才得安心无忧地住着。自然，大家都感念寄应斫妖蛇的功绩，而她的声名，也便有口皆碑了。

越王⑪听到了这件事，便将寄应聘了去做他的王后，又拜⑫她的父亲为将乐的令长。母亲和姊姊们也因此得到了赏赐。

【注释】

① 东越：古国名，也有写作东粤的，就是现在福建省一带地方。

② 闽中：郡名，就是现在福建省的闽侯县。

③ 庸岭：山岭名。

④ 东冶（yě）：县名，本来是闽越王无诸的都城，汉朝称为冶县。城的旧址，在现在福建省东北冶山的山脚下。

⑤ 都尉：武职官名。

⑥ 令长：掌治一县的官，等于现在的县长。

⑦ 巫祝：假托降神通鬼，替人祈祷祸福的一种人。

⑧ 将乐：县名，属福建旧建安道。

⑨ 缇萦（tí yíng）：汉文帝时候的孝女。她的父亲淳于意犯了罪，将处肉刑，缇萦便上书请入身为官婢，以赎父罪。文帝很为感动，便救了她的父亲，并且永远废除肉刑。

⑩ 髑髅（dú lóu）：死人的头。

⑪ 越王：东越国的国王。

⑫ 拜：授官职叫作拜。

# 孝子楚僚

【故事】

楚僚年纪很小的时候，他的母亲便死了。后来他的父亲又续娶了一个妻子回来。他待他的后母，却非常地孝顺。

有一次，后母生了一个疮，又肿又痛，十分厉害，因此，便一天一天地憔悴下去了。楚僚眼看着后母这般痛苦，焦急得什么似的，但也想不出方法来给她医治。

后母的疮是更加肿胀了，到了晚上，益发痛得厉害，她在床上辗转着，呻吟着，接连有几夜不得安睡了。楚僚一步不离地陪着后母，自然也是十分苦痛，他常常自己问自己地说道："我将用什么方法来医治后母的疮呢？"他这样自问了不知有几千万遍，后来，终于给他想出了一个方法来。

他将自己的嘴，对准着后母的红肿的疮口，

慢慢地吸吮着，慢慢地将脓水吮尽，直到出血为止。这样吸吮一下，肿便消了些，痛也减轻了，后母因此得到了安适的睡眠。

后母睡熟之后，梦见一个小孩子，对她说道："你若能够吃一对鲤鱼①，那么你的疮便会好了，疮好之后，而且还会长寿。若是不吃一对鲤鱼，那么你的疮便不会好，而且不久便要死了。"后母醒来，就将这梦告诉了楚僚。

这时，正在十二月的时候，天气很冷，河里结着很厚的冰，再也找不着鲤鱼的踪迹。楚僚听了后母的话，觉得后母的疮，已经没有痊愈的希望了，生命也危在旦夕了，一阵心酸，不由自主地流下泪来。

哭了一会儿，他又自己勉励自己道："哭有什么用呢？虽然明知道是绝望了，总还是要去努力一下呀！"说罢，他便把衣服脱了下来，赤着身子，跑到冰冻了的河面上去躺着。他要拿自己的体温②融解那坚硬的冰块，去寻找鲤鱼，这真是不容易办到的事啊！

哪知，当他躺下去不久，便有一个孩子，跑

到楚僚躺着的地方来，把冰打开了，一对鲜活肥美的鲤鱼，立刻从河里跳出来。楚僚便拿了回去，煮给他的后母享用。

后母自从吃了那对鲤鱼之后，疮立刻痊愈了，身体比从前加倍健康，一直活到一百三十三岁。

【注释】

① 鲤鱼：鱼名。这种鱼的身体很扁，肉肥，鳞大，嘴的前端，有触须二对。背色黑，腹部色淡黄，大的约二三尺长，生活在淡水中。

② 体温：动物身体中的温度。人体通常的温度，摄氏表为三十七度，约当华氏表九十八度六。

# 天竺胡人

【故事】

　　晋朝①永嘉②年间，有一个天竺③胡人④，到江南⑤来。这人有幻术，能够表演种种惊人的动作。

　　有一天，附近的人围着他，请他演魔术，只看见他先将自己的舌头吐出来，向着四周围看的人，请他们查看了一下。然后拿了一把锋利刀子，将舌头截成两段，地上滴了一大摊鲜红的血，看的人都非常地惊骇。过了一会儿，他便将那截断下来的半段舌头，放在一个盒子里，传递给旁观的人去瞧。他们仔细观察，的确是半段血淋淋的舌头。还有那半段，却在他的嘴里。过了一会儿，他又拿了盘子里的那半段，放到嘴里去含着。坐着休息一下，再张着嘴给人去瞧时，那个舌头，已经生得和没有截断的一样了。看的人都十分惊疑，他们都辨别不出他的舌头究竟断了没有。

他又拿了一匹绸，交给两个看的人，将绸的两头儿请他们每人分开来拿着。于是，他便拿了一把剪刀，对准着这匹绸的中央，将它剪断了。过了一会儿，他又将剪断了的两段连接起来，大家看着，果然又变成了一匹很完整的绸，一点儿也看不出什么痕迹。可是，当他剪断时，大家却都看得明明白白的，的确是已经分为两段了。

后来，他又拿了一个预先放过药的器具，拿了一片纸，烧着了，放在里面，再搅下些黍糖⑥。准备完毕，他便向这器中吹了几口气，器中立刻冒出了很大的火焰，然后他对它张大了嘴。只看见那血样红的火焰，倏地都奔向他嘴里，很猛烈地烧着，而且火焰不住地向外冒着。有一个看客不相信他，要想试试看是不是真火，因此，故意拿了一枝木梢，向他嘴边去引着，哪知，不一会儿便烧着了。还有几个人，又去拿了些书、纸、绳子等物，丢向这火里，大家看着它烧完了。后来，无意中去拨开灰来一看，不料所烧的东西，都原封不动地藏在里面，一点儿也没有烧掉。

【注释】

① 晋朝：见《田螺精》篇。

② 永嘉：晋怀帝年号。

③ 天竺（zhú）：印度古称。

④ 胡人：这里的胡人，是假借来作为外国人的通称了。

⑤ 江南：包括长江以南各省。

⑥ 黍（shǔ）糖：用黍制成的糖。

# 变幻莫测的葛元

【故事】

葛元①是左元放②的学生，他是在左元放那里学过《九丹液仙经》③的，所以他也能精通幻术。

有一天，他和一个客人同吃着饭，他们一边吃着，一边随意谈着，渐渐地谈到了幻术。

客人说："等我们吃好了饭，可否请先生施一点儿幻术来玩玩？"

葛元问他道："先生是不是就想看一点儿呢？"说着，便将嘴里的饭吮了一吮，哪知，他的嘴刚张开，便有几百只很大很大的蜂，从他嘴里飞了出来，统统停聚在那客人的身上了。那客人十分慌张，竭力想躲避，终于被这几百只蜂包围着，再也解不开围。

葛元瞧着客人那种狼狈④的情形，哈哈大笑

道:"先生何必这么害怕呢,它们是不会伤害人的啊!"

他张着口笑了半天,轻轻地叫了一声:"来!"一群大蜂,一齐飞到他张着的笑口中去了。

他将它们嚼了一下,又张着嘴笑向那客人道:"先生,你看我吃的究竟是什么东西啊!"

客人向他嘴里仔细一看,却是几百粒饭粒,先前飞进去的几百只大蜂,连踪影都不见了。那客人竟看得呆了。

后来,葛元又指着蛤蟆和许多爬虫、燕子、麻雀等,叫它们跳舞,跳得很合节拍,和人跳的一样。

在一个草木凋零的寒冬,他却为客人去拿了许多生瓜、生枣;在炎阳四逼的夏天,他又为客人去取了许多冰雪来。那客人看了他的法术,差不多佩服得要五体投地了。

有一次,葛元拿了几十个铜钱,叫一个人散乱着丢到井里去。葛元却拿了一个袋子,立在井上叫道:"出来!"果然,那丢在井里的铜钱,一个一个从井里飞出,先后飞到他的袋子里去了。

有一次，葛元请客，没有人传递酒杯，便指着酒杯，叫它们自己走到每一个客人面前去敬酒。倘若那客人不把杯子里的酒喝完，那么酒杯便留在那客人的面前，非等他喝完不去的。

　　又有一次，葛元同吴主⑤坐在城楼上，看见百姓在下面求雨。帝问葛元道："天已经旱了很久，现在百姓急于要想得到一次大雨了，你有法子可以使它下雨吗？"

　　葛元道："雨是容易得到的，让我去取来好了！"他便画了一道符⑥，拿去贴在社庙⑦里。一忽儿，乌云密布，大雨倾盆而下，干燥了很久的土地上，立刻积起了许多水。

　　帝又故意试他道："水里有鱼吗？"

　　葛元又画了一道符丢在水中，不一会儿，便看见有几百尾大鱼在水里游着，叫人去捉起来，却都是十分鲜活肥美的。

【注释】

① 葛元：又名葛玄，字孝先，三国时吴人。后人称他为葛仙翁。

② 左元放：见《左慈的幻术》篇。

③《九丹液仙经》：讲仙术的书。

④ 狼狈：颠蹶困顿的神气。

⑤ 吴主：指孙权。三国时，据江南，奄有今江、浙、两湖、闽、粤等地，传四主，共五十九年，为晋所灭。

⑥ 符：用朱墨写成缭绕的文字，术士用来驱役鬼神的。

⑦ 社庙：供奉土谷神的庙宇。

# 一只金钩

【故事】

从前，长安①有一个姓张的女人。有一天，她独自一人在房里，忽然有一只鸠②鸟，从外面飞进她的房里来，停在她的床上。

姓张的女人觉得很是奇怪，便默祷着道："鸠呀，你到这里来，倘若是给我灾殃的，那么，飞到灰板上去；倘若是给我幸福的，那么，飞到我怀里来！"

她刚祷告完，那鸠便飞到了她的怀里。姓张的女人欢喜得忙用手去抱住它，哪知再也找不到它，只觉手中握住了一件坚硬的东西，拿来一看，却是一只金光灿烂的黄金钩子。她便郑重地将它藏了起来。

从此以后，张家的子孙渐渐地富有起来了，因此，大大地引起了旁人的艳羡。这故事也就一传十，十传百地宣布开去。

　　后来，有一个蜀③地的商人到长安去，听说了这件事，便起了觊觎④的心。他想了一个计策，买通了一个张家的婢女，叫她将那金钩偷出来。婢女果然受了他的贿赂⑤，将金钩偷了给他。

　　姓张的人家，自从失去了金钩，果然一天穷似一天。但是，那蜀地的商人，却并不因此致富，反而更加困苦了。

　　蜀地的商人大失所望，很是懊丧。有一天，他去问一个聪明的人道："张家得了金钩便富，失去金钩便穷。怎么我得了金钩，不富反穷呢？"

　　聪明的人道："穷富是有天命的，怎可勉强呢？现在，你因为要夺取张家的富有，偷了她的金钩，居心已是不善。不得富有，反增贫困，那正是天意罚你的啊！"

　　那商人被他这样一说，很觉惭愧，便跑到张家去谢罪，并且将金钩送还给他们。

　　张家得到了金钩，又重新兴盛起来。后来这金钩世世代代地传递下去，一直也没有丢失过。

【注释】

① 长安：古都城，汉惠帝时筑，在今陕西西安西北。

② 鸠（jiū）：状如野鸽，头小胸凸，尾短，两翼长大，善飞。但原文所说的鸠，或者不是专指这类的。因为，古人对于许多鸟类，常常有一概叫作鸠的，如鹗称为雎鸠，鹰称为鹪鸠，布谷称为鸤鸠，其实并不以形态去类别的。

③ 蜀：就是现在的四川。

④ 觊觎（jì yú）：希望非分。

⑤ 贿赂（huì lù）：用金钱去收买人，叫作贿赂。

# 桃花源

【故事】

晋朝①太元②年间，武陵③地方，有一个捕鱼的人，姓黄，名字叫作道真。有一天，他的渔船摇到一个旷野的一条小溪里，他瞧见那莹洁的溪水，十分可爱，不自知地逆着那溪流摇去，慢慢地摇着，摇着，连自己也不知道走了多少路了。

后来摇到了一个地方，忽然看见溪的两岸，种着许多桃树，桃树的枝上，又开满了鲜红的桃花。平坦的地上，长着茂盛而匀整的绿草，点点落英散布在它的上面，红绿相映，真是美丽极了。

道真觉得非常快活，便一直向这桃林里摇了进去。哪知他将桃林走完，已到了溪源，便摇不进去了。原来前面正耸立着一座山。

中华典籍故事

他坐在船里，在山脚下徘徊着，偶然瞧到山脚边有一个小洞。他正无聊得很，便有意无意地向这山洞张望了一下。

他瞧见洞里，隐隐约约地似乎有些光亮射到外面来，不过里面很深，却瞧不见洞底。他想："这是什么洞呀？里面怕住着神仙吧？倒要走进去瞧个底细呢！"

他打定了主意，立刻离了船，向这山洞里走了进去。进口的时候，洞里很狭小，只不过可容一个人行走的位置罢了。走了一会儿，却忽然地扩大起来，光明起来。一个安乐的世界，立刻呈现在他的眼前了。

这个地方，照例有着轩敞的房屋、肥沃的田池、葱茏的桑竹，一切都和外边一样。鸡和狗歌唱着，欢跳着，大大小小的人来往着，就是他们的服饰，也全然和外边的人相同。所两样的，就是他们那里比外面多一种和乐的景象罢了。

那地方的人瞧见了他，都围拢来向他问道："你是哪里来的客人，到这里来有什么事儿？"

于是，道真便将自己的姓名和来历详细地告

诉了他们。过了一会儿，他正想回去，哪知那地方的人，却十分坚决地挽留他，大家都殷殷地不肯放他走。因此，他便暂时留下了。

其中有一个人，首先走上来，要邀他到自己家里去。并且，特地为他杀了一只肥大的鸡，烹了几样精美的小菜，又拿出了几瓶醇美的酒，请他吃喝。这时候，许多邻居们，得到了这个消息，都跑来看他了。

道真问道："你们为什么住在这里面的？"

他们道："因为秦朝④的时候，天下大乱⑤，我们的先祖带了合家的人，和几个同村的人一起逃到这地方来避难，后来便将这地方开辟起来，从此，一直住在这里，不再出去了。

"我们一代一代地继续着，同心协力地将这地方开辟起来，一点儿也不感到缺乏，人人都是很安乐的，谁也不会打扰谁。你想，我们哪肯出去受外界变乱的痛苦呢？

"啊，我还要请问你，外面还在乱吗？现在是什么朝代了？"

道真道："这里真是一个极乐的世界啊！外面

自从秦末大乱之后，刘邦⑥便统一了天下。秦朝灭了，变了汉朝⑦。后来曹丕⑧篡了汉，又变了魏朝。魏朝被司马炎⑨灭了，便是现在的晋朝。你吞我并，其中的小变乱，不知还有多少，我也说不完这许多了！"

他们听了，都很感慨地道："外面真是一个可怕的世界啊！"

他们吃喝完了，道真又被另一个人邀请了去，这样一家一家地邀请着他，都拿精美的酒菜请他，他是做了这地方的上宾了。一直住了几天，他才辞别了他们回去。

临走的时候，他们很郑重地对他说道："你到过我们这里的事儿，切不可告诉外面的人啊！"

他走了出来，仍旧上了那只小船，摇着回去，却沿路暗暗地做下了标记，到了那里，立刻将这事去报告了太守⑩。

太守刘歆，听了他的话，便派了人跟他去察看。但是，他们的船在溪里摇了半天，却再也找不到他做的标记，因此，他们便不能到那地方去了。

【注释】

① 晋朝：见《田螺精》篇。

② 太元：晋孝武帝年号。最初号宁康，即位后第四年改为太元。

③ 武陵：郡名。今湖南常德市。

④ 秦朝：朝代名。自从始皇灭了六国，统一天下，传二主，十五年，为汉所灭。

⑤ 天下大乱：秦始皇非常暴虐，人民困苦万分，所以，到了他的儿子二世时候，陈涉和吴广便首先揭竿起义。自此以后，四方英雄豪杰，也都相继兴兵，天下因此大乱。

⑥ 刘邦：秦末沛人，字季。最初为泗上亭长，后来起兵灭秦，破项羽即帝位，称为汉高祖，在位十二年。

⑦ 汉朝：见《受冤的孝妇》篇。

⑧ 曹丕：是曹操的大儿子，性好文学。篡汉后，称魏文帝。在位六年。

⑨ 司马炎：晋王司马昭的儿子。篡魏，称晋武帝。在位二十五年。

⑩ 太守：汉朝设置的官名，就是后来的知府。

世说新语故事

# 序　说

《世说新语》，是刘义庆著作的。

刘是南朝宋时的临川人。他采集汉晋以来的韵闻逸事、名言隽语，记录起来，成就这书，共六卷。其中因为事实的性质不同，分为三十六门，起德行，止仇隙，编制清楚，笔墨尤其精绝。刘应登评论这书的文学价值说："虽典雅不如《左氏》《国语》，驰骛不如诸《国策》，而清微、简远，居然立胜。"总之，这书描写一人一事，字义语气，都是耐人寻味，大有"咽之愈多，嚼之不见"的妙处。

选译本书的例：

（一）对于儿童时期的故事，像"八岁的范宣痛哭伤指""九岁的杨姓儿对孔君平""十岁的孔文举见李元礼"等，选译尤多。

（二）一人有同性质的事情两件以上，原书分作两节或三节叙述的，选译时，认为有合并的必要，就合并起来。

（三）原书上的人名，同是一人，先后称呼不同，比如王浑，字玄冲，也称司徒，又称京陵；郗鉴字道徽，也称太尉，也称太傅或司空。读者感觉非常不便。选译时，凡是人的称呼，概用名字。比如王浑便称王浑，郗鉴便称郗鉴。

# 情愿代友人死

【故事】

汉朝桓帝时候，颍川<sup>①</sup>人荀巨伯，远道去看友人的病，适值胡贼来攻城。

友人告巨伯道："我今有病在身，不能逃命，死就罢了！你可速去。"

巨伯道："我远道来，原是来看护你的。今天你叫我去，我就怕死而去，这算什么朋友呢？负了友义去求生，不是我荀巨伯所做的。"

胡贼破了城，看见巨伯在那里，便睁大着凶眼，对巨伯道："我们大兵到来，全城人都逃得一个不留。你是何等样人，敢独留在此？"巨伯道："友人有病，不忍离开他，情愿死，情愿代友人死。"

贼伙听了这话，很为感动，自相警告道："我们这些无义的人，不要再留在这有义之地！"

胡贼便收兵回去，一城因此保全。

【注释】

① 颍川：郡名，在今河南许昌等地。

# 你不是我朋友

【故事】

管宁①和华歆②，一天同在园中掘菜地，发现一块金子。管宁简直当它和瓦石一样，仍旧掘地。华歆却有些动心了，拾起来，再抛开了它。

又有一天，他们二人同席读书。有一位戴着官帽，坐着大轿的贵客，走过门前，管宁照常读书，毫不睬他。华歆便抛开了书，赶到门外去看。

管宁厌恶华歆爱慕虚荣，就将同坐的席子③割开，和华歆分坐，毫不客气地对华歆道："你不是我朋友。"

【注释】

① 管宁：字幼安，北海朱虚人。

② 华歆：字子鱼，平原高唐人。

③ 席子：古时没有椅子，就坐在席子上。

# 避　难

【故事】

　　华歆和王朗①同船逃难。忽然岸上来了一个人，向他们苦苦哀求，要搭船同去。

　　华歆很以为难，王朗道："船中还有余地，随搭何妨！"那人便上了船。

　　后来贼赶到了。王朗自己急于逃命，想把那搭船的抛去。华歆道："当初我说为难的，就是为了急难时候不能兼顾别人。现在既然许他同船了，那么，做好人便要做到底，不能再抛去他。"

【注释】

① 王朗：魏郯人，字景兴。

# 后　母

【故事】

　　王祥①奉事他的后母朱氏②，很是孝顺。朱氏叫他做事，总是很忠心地去做。

　　家园中有李树，结子又多又好，朱氏常叫他去看守。一天忽然起风下雨了。王祥恐怕李子被风雨打落，使后母心中不安，便抱着李树呜呜地哭。

　　王祥虽是这样孝顺朱氏，朱氏却很嫌恶王祥，时常想弄死他。

　　一天晚上，王祥睡在床上，朱氏亲自去暗杀他。说也奇怪，这时王祥却因起来小解，不在床上，朱氏一刀下去，空斩在被上。

　　王祥回到床前，知道后母是很恨他，简直要他死，便跪在朱氏面前，情愿受杀。

　　这时朱氏心中，也感动悔悟了。从此便爱王

祥和亲生儿子一样。

【注释】

① 王祥：琅琊临沂人，字休徵。
② 祥的生母姓薛，后母是庐江朱氏。

# 两孩都不致饿死

【故事】

晋朝永嘉①年间，中国大乱。有一位姓郗名鉴②的，穷得没有饭吃。同乡邻舍，因为他是有名的君子，都可怜他，各家请他吃饭，郗先生常常带了侄子和外甥周翼同去。

有人对郗先生道："各家生活，也很为难，只因先生是善人，所以都肯来救济先生。除先生外，恐怕不能兼顾别人呢！"

郗先生于是不再带两孩同去，但自己吃了饭后，必满口含着饭回去，吐给两孩分吃。两孩因此都不致饿死。

【注释】

① 永嘉：是晋怀帝的年号。这时匈奴族的刘渊很强横。永嘉五年，竟打破了洛阳，将怀帝掳去。
② 郗（xī）鉴：字道徽，高平金乡人。

# 赏食炮肉

【故事】

顾荣①在洛阳的时候，有一天朋友请他饮酒。献食的仆人中，有一个献炮肉的，看起来很像想吃炮肉。顾荣就将自己所吃的，赏给他。在座的许多朋友，都说荣多事。荣道："他终日献此，哪里可以不叫他尝尝此味。"

后来中原大乱，荣避难渡江，每到危急的时候，常有一个人救护他。荣很奇怪，请问那人。谁知道那人，就是从前受他赏吃炮肉的仆人。

【注释】

① 顾荣：晋吴县人，字彦先。和陆机陆云兄弟同入洛阳，当时称他们为三俊。

# 弃子和娶妾

【故事】

邓攸①带了儿子和侄子逃难，因为没有牛马代步，抱得儿子，不能兼顾侄子；抱得侄子，不能兼顾儿子。他心想：两个孩子，横竖不能保全了。弟已死了，只生下这个侄子，我是后来不患没有儿子的。便在路上，将自己的儿子弃了，一意保全侄子。

邓攸既然逃难过江，娶了一个妾，很为宠爱。过了一年，问起妾的家世出身。妾自己说是北方人，也是逃难来的，爷娘姓甚名谁，一一告诉了出来。邓攸才知道他的妾，不是别人，就是他自己的外甥女。

邓攸为人素来是讲道德的，说一句话，做一件事，都是无可批评。听了妾的话，便一生一世地自恨自悔了。

【注释】

① 邓攸：晋襄陵人，字伯道。

# 的 卢

【故事】

　　庾亮①有一匹不吉利的马——这匹马的额毛，一直白到齿边，照相马经上讲起来，这就叫作"的卢"，是不能骑它的。骑它的人，不是死，便要犯罪。

　　有人劝庾亮将这"的卢"卖去。庾亮道："我卖它，必有人买它，它就要害那新主人，我岂可将自己所厌恶的东西，卖给别人呢？从前孙叔敖②看见两头蛇③，自己知道是必死的，恐怕别人再看见它，便将两头蛇打死埋了。这事古来当作一桩好事讲。我现在要效法孙叔敖，宁可自己受害，不去加害别人。"

【注释】

① 庾亮：字元规，颍川鄢陵人。

② 孙叔敖：是春秋时候楚国的贤相。

③ 两头蛇：有二说。有的说是首尾都有头的，不过一头有口眼，一头没有口眼；有的说是两头相并的。

中

华

典

籍

故

事

# 老翁可怜

【故事】

谢弈<sup>①</sup>做剡县<sup>②</sup>令的时候，有一位年老的人犯法，谢罚他喝酒。

年老的喝得已经大醉特醉了，谢还逼着他喝。

谢弈的弟弟名叫安石，年纪不过七八岁，着了青布裤，靠住膝边坐着。看见年老的实在不能再喝了，便劝他哥哥道："阿哥！老翁可怜，请不要这样捉弄他。"

谢弈听了他的话，立刻换了一副面孔，带笑说道："阿弟，你要放他去吗？"便叫年老的归去。

【注释】

① 谢弈：字无弈，陈郡阳夏人。
② 剡县：就是浙江嵊州。

# 伤　指

【故事】

范宣①八岁的时候，在后园中挑菜，一不小心，伤了手指，便大声地哭起来。

家里的人，前来问他："可是为了痛，哭的吗？"

宣回对道："不是为了痛哭的。只因身体发肤，是父母所生，应当保重的②。现在毁伤了，所以哭啊！"

【注释】

① 范宣：字子宣，陈留人。

②《孝经》上有句话说："身体发肤，受之父母，不敢毁伤。"

# 不肯无故受人的送货

【故事】

范宣做人，非常廉洁，虽穷到没有衣着没有饭吃，终不肯无故受人的送货。

那时有一位姓韩的豫章太守[①]，知道范宣是很穷的君子，特地送他一百匹绢[②]，范宣不肯收。韩太守以为是送得太多的缘故，减去五十匹，范宣又不肯收。以为还是嫌多，于是又减去一半，减而又减，一直减到只剩了一匹，范宣仍不肯收。

后来韩太守和范宣同乘一车，就在车中，裁了二丈绢送给范宣说：“做人虽须廉洁，但不能使老妻穷得没有裤子穿！”范宣才笑着收了。

【注释】

① 就是韩伯，字康伯，颍川人。

② 绢：是一种丝织物。

# 焦　饭

【故事】

　　吴郡人名叫陈遗的，奉事母亲，非常孝顺。母亲爱吃锅底的焦饭。陈遗做郡主簿的时候，常备着一只袋子，每次煮饭，就将焦饭收起来，藏在袋里，回去奉给母亲。

　　后来反贼孙恩①，打到吴郡。吴郡太守袁乐，立刻要出兵去征剿。这时陈遗收藏焦饭，已经有了几斗，还没有送回家去，就随身带着去从军。

　　袁太守和孙恩，在沪渎②地方战了一场，袁兵大败，各自逃命，入山的入山，落海的落海，都免不了饿死。独陈遗因为带着焦饭，没有吃苦。

【注释】

① 孙恩：一名灵秀，琅琊人。

② 沪渎：就是上海附近地方。

# 小时了了

【故事】

鲁国人孔文举①十岁的时候，跟着他父亲到洛阳去。

这时在洛阳的，有一位李元礼，官做司隶校尉，很有名望。得到李府上去见他一面，好比登龙门②一样。因此文举也想去见这位李校尉。

但是到李府上去，必须是有名有才的，或者是和李府上有亲谊交情的。

文举既到了李府门上，和看门的说道："我是李府君的世交。"看门的便引进文举到客座。

元礼出见文举，是一个素不相识的孩子，便问道："君和鄙人③，有什么亲友关系？"文举回答道："从前我二十四世祖仲尼，和先生的祖先伯阳④是师友，那么，我和先生，原来是世交。"元礼和在座的许多客人，都以为奇。

后来又来了一位客，名叫陈韪，官做太中大夫。在座的，就将文举所说的话告诉他。他毫不为奇，反故意说道："小时聪明的人，大起来未必出色。"文举便回答道："我想先生小时，必定是很聪明的。"这句话，讥笑得陈韪无言以对。

【注释】

① 孔文举：名融，鲁国人。

② 龙门：是汉朝李膺的典故。极言李家的高贵，一人李家，便增声价十倍，和登龙门差不多。

③ 鄙人：是自己称呼自己的谦恭话。

④ 伯阳：就是老子李聃。

# 杨梅和孔雀

【故事】

　　梁国人姓杨的有个儿子，年九岁，生得非常聪明。

　　有一天，孔君平去拜访那杨儿的父亲。

　　杨儿的父亲，适值不在家里，家人就叫杨儿出来招待，请孔君平用些果子。

　　孔君平见果子中有杨梅①，便指着杨梅对杨儿道："这真是你家的果子。"杨儿随口回答道："我却没有听说孔雀，就是先生家的鸟。"

【注释】

① 杨梅：树高二丈，春时开黄白花，夏结实，大如弹丸，有多数小颗粒突起。熟时，色紫红，可吃。

# 从公于迈

【故事】

　　孙安国①在庾亮手下当记室参军，有一天随庾亮去打猎，他的两个儿子齐由齐庄，也一同跟去。

　　庾亮在猎场上看见齐庄，这时齐庄，不过七八岁。庾亮问他说："你也同来打猎吗?"齐庄便随口背出两句《诗经》回答道："这就叫作'无大无小，从公于迈②'。"

　　齐由齐庄时常到庾亮那边去玩，庾亮故意问齐由说："你叫何名?"齐由说："我名叫齐由。"庾亮说："要和谁齐?"齐由说："和许由齐。"——许由是古时候的高士。

　　庾亮又问齐庄说："你叫何名?"齐庄说："我名叫齐庄。"庾亮说："要和谁齐?"齐庄说："和庄周③齐。"庾亮说："你何以不企慕孔子，只企慕庄周呢?"齐庄道:"孔子是圣人,圣人是天生的聪明,是企慕不到的。"

庾亮听这两孩所说的话,很有意思,开心极了。

【注释】

① 孙安国:名盛,太原中都人。

② 迈:就是远行。古时天子按时节去巡行也叫作迈。

③ 庄周:是春秋时代人,他的哲学,是主无为的。

# 白雪纷纷何所似

【故事】

一日天下雪，谢安在家里和子侄辈讲论文字。

停一会儿，雪下得更大了。谢安很高兴地说："白雪纷纷何所似？"

他哥哥的儿子，回答说："好似空中撒了盐。"

他哥哥的女儿①说："还不如说'风吹柳絮起。'"

谢安听了，非常快乐，称赞他侄女聪明风雅。

【注释】

① 谢女：名道韫（yùn）。她就是以这次吟絮得才名的。

# 周公和孔子

【故事】

陈元方十一岁的时候，去拜访袁宏。

袁宏<sup>①</sup>问元方说："尊大人在太丘地方做官，无论远近，都称颂他，他究竟做些什么事？"

元方说："老父在太丘，对付强暴的人，用恩德去感化他；对付柔弱的人，用仁义去扶持他；总要使他们无所不安。如此做下去，越到后来越不苟且。"

袁宏说："我从前做邺令，也是这样做的。不知道是尊大人<sup>②</sup>学我的呢？还是我学尊大人？"

元方说："周公和孔子，出世的时代不同，但一切举动却是一样。其实周公原不学孔子，孔子也何尝学周公呢？"

【注释】

① 袁宏：晋扶乐人，字彦伯，小字虎。

② 尊大人，是称人的父亲。

# 木屑竹头

【故事】

陶侃①为人，非常精明勤俭。他做荆州内史的时候，叫造船官将木屑都积聚起来，不限多少。人都不明白他的用意何在。

后来大雪初晴，厅堂前扫去雪后，地湿难行，陶侃就将积聚的木屑，铺在地上。

用竹的时候，陶侃也叫他们将竹头收集起来，积到像山这样高。

后来宣武预备去打蜀，要造战船，陶侃就将那些竹头作为船钉。

木屑和竹头，都是人看不起的东西，但聚藏起来，终有得用的地方。

【注释】

① 陶侃：晋鄱阳人，字士行，后徙家浔阳。

# 七步成诗

中华典籍故事

【故事】

魏文帝曹丕和东阿王曹植，是同一个母亲生的同胞兄弟。但曹丕很忌曹植，想杀害他。

有一次，曹丕叫曹植作诗，只限他走七步的时间作成，如果作不成，便要杀。

曹植便随口作起诗来，念道：

煮豆持作羹，漉菽①以为汁，

萁②在釜下燃，豆在釜中泣，

本是同根生，相煎何太急。

这首诗，就是将萁比曹丕，豆比自己，讥讽曹丕不顾同胞之情，如此相逼，和用萁燃豆一样。所以曹丕听了这首诗，就有惭愧的神气。

【注释】

① 漉（lù）：凡流液由阻隔物徐徐下渗，将混浊除去的，

叫作漉。菽（shū）就是豆的别名。

② 萁（qí）：豆茎。

# 无信无礼

【故事】

陈寔①和朋友约在日中相会。等到过了日中，那位朋友还是不来，陈寔便自己出去了。

陈寔出去，那位朋友就来。

这时陈寔的儿子元方，是个七岁的小孩子，正在门外游戏。那位朋友便问元方说："尊大人在家没有?"元方说："等先生好久不来，已经出去了。"

那位朋友便发怒说："真不是人！和人家相约，竟会不顾而去。"元方听他骂了，也很不客气地说："先生和家父约在日中相会，日中先生竟不来，这是失信；对着儿子骂他的父亲，这是无礼。"

那位朋友听了这话，很是惭愧，便从车上下来，和元方打招呼。元方走进大门，不去睬他。

【注释】

① 陈寔（shí）：东汉许人，字仲弓。

世

说

新

语

故

事

# 无 鬼

**【故事】**

普通人说:"人死是有鬼的。"独阮宣子不信这话。他反对说:"据现在见过鬼的人说,鬼着的衣服,和未死之前一样一式。如果'人死有鬼'这句话是可相信的,那么,衣服难道也有鬼吗?"

# 小人不可亲近

【故事】

刘真长和王仲祖同行。时光已经迟了，两人还没有饭吃，肚子里都饿得落落地响了。

适值遇到一个相熟的人。但是这人的品行，是不好的，他看见刘王两人，着实欢迎，送上饭菜。

真长宁可挨饿，不肯吃，就谢绝了他。

仲祖和真长说："姑且将他的菜饭充饥罢！何苦谢绝他呢？"

真长坚决地说："这种品行不好的小人，是不能和他亲近的。"

# 苦 李

【故事】

王戎①七岁的时候，有一天和小孩们游戏。

路边有一株李树，树上结着许多李子，一球一球地向下面垂着。

小孩见了李子，都跑上前去，争先采取，只有王戎一动也不动。

有人问王戎何故不去采取，戎回答说："在路边的李子，如果是好吃的，早被他们采尽了。这树还留着许多李子，必定是味苦的，他人所不要的。"

后来尝尝李子的味儿，果然是苦的。

【注释】

① 王戎：晋凉州刺史浑的儿子，字濬仲。

# 坦腹郎

【故事】

郗鉴有个女儿，想和王导的儿子配亲，写了一封信，差他的门生专程到王家去，说要选个女婿。

王导便叫那门生到东厢房去随便选一个就是。

那门生见过了王家几位儿子，回去对郗鉴说："王家几位公子，都是很可爱的。他们听说我是去选女婿的，个个都摆出规规矩矩的神气来，独有一个，大模大样在床上坦着肚子睡，好像不知道这么一回事。"

郗鉴便说："这个正是好女婿。"

后来打听得那"坦腹郎"就是王羲之，就将女儿嫁了给他。

# 你真痴了

【故事】

汉武帝的乳母，因为子孙在外依势横行，被人告发，武帝要叫法官照法惩办，乳母须发配边疆。

乳母急得没法，跑到东方朔[①]面前求救，要东方朔向武帝讨情。

东方朔说："这是国法，不可以口说了事。你想免罪，只有这法：当你发配边疆，在皇上面前告别的时候，须步步回头望着皇上，装出恋恋不忍的样子，那么我就有话说，这事还有一点希望。"

乳母既然定了发配边疆的罪，将要动身的时候，到帝前去辞行，这时东方朔也在旁边。乳母辞了行出来，便照东方朔的话，一步一回头地望着武帝。东方朔故意骂起乳母来："哼，你真痴了！皇上现在已经长大了，难道还须吃你的奶不成？”

武帝虽然是有雄才大略的人，但听了这话，也想起从前养育之恩，不免有点不忍，就免了乳母的罪。

【注释】

① 东方朔：汉厌次人，字曼倩，善于诙谐滑稽。

# 终不及你

<br/>

【故事】

杨修当曹操的主簿，督造相国①门，椽子刚才架好，曹操自己出来查看，叫人在门上题了一个"活"字便进去了。

杨修看见这字，就叫工人将门拆去重造。有人问他缘故，杨修说："门中活，是个阔字。曹公正嫌这门造得太阔，所以重造。"

有人送曹操一杯马乳，曹操尝了少许，就在杯盖上题了一个"合"字，给大家看。

大家看了，都莫名其妙，传到杨修，修便揭开盖子，喝了一口说："曹公分明叫大家每人喝一口呢。"

曹操和杨修同过曹娥②碑下，碑的背面，题着八个字——黄绢幼妇外孙齑臼③。

曹操看了，就问杨修说："你可懂这意义吗？"

杨修说："懂的。"

曹操说："你且不要说出来，待我想想。"

曹操一面想一面走，走了三十里路，对杨修说："我也知道了。"便叫杨修在纸上，将那八个字的意义写出来。

杨修写的是："黄绢是有颜色的丝织物，色和丝拼起来，就成一个绝字。幼妇就是少女，少和女拼起来，就成一个妙字。外孙就是女的子，女和子拼起来，就成一个好字。齑臼，是盛受辛味的东西，受和辛拼起来，就成一个辞（辤）字。所以那八个字的意义，总说起来是'绝妙好辞'一句话。"

曹操自己也有一纸记着，和杨修所说的一样，便叹了一声说："唉！我的才思，终不能及你。你立刻能够领悟，我走了三十里才能领悟。"

【注释】

① 相国：就是宰相。

② 曹娥：是汉朝时候的孝女，她为救父投水死的。

③ 齑（jī）：就是含辛味的菜类。

世
说
新
语
故
事

# 何必饭呢

【故事】

　　有客去拜访陈寔，就留宿在陈家。

　　陈寔叫他两个儿子元方季方煮饭，一面和客坐着谈论。

　　元方季方二人无心烧饭，点着了炉火，便跑了出来，偷听谈论，忘记放下蒸笼，米都落在锅中。

　　过了好久，陈寔问："饭蒸熟了没有？"

　　元方季方便跪在前面说："大人和客谈论，我们两人，都在偷听，忘记用蒸笼。现在锅中的饭，已变为粥了。"

　　陈寔说："你们可听得懂吗？"

　　元方季方同说："大略都还记得的。"两人便争先说着，将偷听的话，从头到尾说了，一句没有遗漏。

陈寔听了，好生欢喜，和元方兄弟说："既然如此，就是粥也不妨，何必饭呢？"

# 画　地

【故事】

何晏的父亲，早已死了。母亲既嫁曹操，晏就和母亲同到曹家去。

晏七岁的时候，已经非常聪明。曹操很是爱他，想要他做儿子。

晏在地上画了四方的一块，自己坐在当中。有人问他："这是什么？"他回答说："这就是我何家的屋子。"晏的意思，以为他是何姓的儿子，应该回到何家去。

曹操知道他的意思，便送他回去。

# 不必做夹裤

【故事】

韩康伯小的时候，家里极穷。到了大寒天，只得一件短袄，是他母亲殷夫人自己做的。

他母亲给他做短袄的时候，一面叫他提着熨斗①，一面安慰他说："你暂且着这短袄，我再给你做夹裤。"

康伯回答说："着了短袄，已经够暖了，不必再做夹裤子。"

母亲问他缘故，康伯说："火在熨斗中，一直会热到柄上来。我现在上身既着了短袄，也许会热到下身去，所以不必再做裤子。"

母亲听了，心里非常奇怪，知道他将来，必定是大有作为的。

【注释】

① 熨斗：通俗叫作运斗，是铁制的。斗内炽着火，成衣匠用它来按平衣料。

# 昼动夜静

【故事】

晋朝的孝武帝①，他十二岁时候，冬天日中，不着夹衣，着单衣五六件；一到夜里睡的时候，就盖着被垫着褥。

有姓谢的劝他说："皇上保养身体，寒暖先要调和。你日中太冷，夜里过暖，恐怕不是养生的道理。"

孝武回答他说："日中劳动，不觉得冷；夜间静睡，便要加热。"

【注释】

① 孝武帝：姓司马，名昌明，是简文帝的儿子。

# 床头提刀的是英雄

【故事】

现在的内蒙古，在汉魏时代是匈奴族的势力范围。

匈奴差使官来见魏武帝①，武帝预备去见他，但自己觉得身体短小，显不出威严，就叫崔季珪②去代见。

季珪身体高大，声音洪亮，眉目又很开朗，一把长胡子，尤其生得神气十足。

季珪坐在床上代见匈奴使官，武帝自己提着刀扮作随从武官的样子，立在床头边。

见过之后，武帝派人去探问那使官说："你看魏王为人怎样？"使官回答说："魏王气概态度非凡，但那床头边的提刀人，却是一个英雄。"

魏武听到这话，知道匈奴使官也是非常人，不觉心里又忌又恨，便差人追上去杀了他。

【注释】

① 就是曹操。

② 崔季珪：名琰，清河东武城人。

# 三　害

【故事】

　　周处①年轻的时候，凶狠强横，不讲道理，同乡人都怕他闯祸。在义兴，水中有一条蛟，山中有一只虎，都要杀害百姓，所以义兴人把周处、蛟、虎叫作三害，对于周处，尤其怕他。

　　有一个人对周处说："我们这地方，百姓真苦。山中有虎，没有人去刺他；水中有蛟，没有人去斩他。"意思是要周处去杀虎斩蛟，希望三害中除去二害。

　　周处听了，便入山刺杀了虎，又入水去斩蛟。蛟在水中，忽然浮起来，忽然沉下去，一路奔逃。周处就一路追赶，追了几十里，在水中过了三日三夜，还没有上岸来。乡人以为周处已经淹死了，三害都除却了，便相贺起来。

　　后来周处斩了蛟，从水中起来，听说乡人相

中
华
典
籍
故
事

贺的缘故，自己觉得平日做人不讲道理，得罪乡里，便想改过。

周处想改过求学，到吴中去寻陆平原和陆清河二位先生。平原不在家，只见着清河，就将来意说明，并且说："我想改过求学，但年纪已经这么大了，恐怕终不能成功罢!"

清河先生说："古时候的圣人，如果求学成了名，就是这天死了，也不为迟。何况你的前途，还很远大呢! 一个人，最怕是志向不定。志向立定了，那么，还怕什么名不成呢?"

周处从此改过，一意求学，后来终成为有名人物。

【注释】

① 周处：晋阳羡人，字子隐。

# 驴 鸣

【故事】

孙子荆①因为自己有才，便看不起当时人，对于王武子，却很敬重。

王武子死的时候，当时有名人物，都来相吊。子荆后到，便靠着尸体大哭。在旁的客人，没有一个不淌泪。

子荆哭完，向灵床说："君常常要我作驴子叫，今天我为你装驴子叫。"叫起来的声音，和真的差不多。在旁的客人，便发笑起来了。

子荆回过头来，对众位客人说："诸君不死，偏叫武子死。"众位客人听了，又觉得好气。

【注释】

① 孙子荆：名楚，晋中都人。

# 嫁　女

【故事】

　　有姓赵的嫁女。

　　女将要上轿的时候，做母亲的勉励她说："切不可做好人。"女儿说："不可做好人，难道可做恶人吗？"

　　母亲说："好人尚且不可做，何况做恶人呢！"

# 丑 妇

【故事】

许允<sup>①</sup>的妻子，是阮卫尉的女儿，容貌非常丑陋。结婚后，允不肯到新房里去，阖家的人，都很不放心。适值允有一个客人来，新娘叫丫头去看来的是谁。丫头看了回来说："是桓少爷。"——桓少爷就是姓桓名范。

新娘说："那可以放心了。桓少爷是来劝新郎的。"

桓范果然和允说："阮家既将丑女嫁给你，自然是有用意的，你当仔细考虑一下。"

允听了桓范的话，便回到房中，见了新娘，又想转身出房。

新娘料得此番出去，必定不肯再来，便捉住许允衣袖。

许允便问新娘说："妇人有四德，你有几德？"

新娘说:"只是容貌生得不好啊!但丈夫有百行,君有几行呢?"允说:"我都备的。"新娘说:"百行中最重要的是德,君只爱容貌并不爱德,哪里可以说是都备。"

允听了这话,很为惭愧,从此他们俩便互相敬重。

【注释】

① 许允:字大宗,高阳人。

# 度量非凡

【故事】

山涛①和嵇康②、阮籍③，一见面便非常相好，好像兄弟一样。

山涛的妻子韩氏，觉得山涛和嵇阮二人的交情，异乎平常，便问山涛缘故。山涛说："现在可以同我做朋友的，就只有这两个人。"

韩氏说："我要察看这二人的行为，可以吗？"

过了几天，二人来了。韩氏便劝山涛留他们宿，预备酒饭给他们吃。

这天晚上，韩氏在墙壁上挖了一个洞，偷看嵇康和阮籍的一举一动，直看到天明不息。

山涛进来问韩氏说："这二人如何？"韩氏说："你的才调，远不及他们，但你度量宏大，正可以和他们做朋友。"山涛说："他们也以为我度量非凡。"

【注释】

① 山涛：晋怀人，字巨源。

② 嵇康：魏铚人，字叔夜。

③ 阮籍：魏尉氏人，字嗣宗。

# 陶母留客

【故事】

陶侃的志向，从小是很远大的，喜欢结交朋友，但家道极穷，和母亲湛氏一起住着。

同县人有名范逵的，素来有名望，是个孝廉①。有一天到陶侃家投宿，这时连日冰雪，天气极冷，家中又没有一文钱一粒米，那和逵同来的马呀仆人呀却很多，陶侃觉得非常为难。

湛氏和侃说："你但出门去留客宿罢了！一切供应，我自有道理。"

湛氏的头发，生得很长，一直可以垂到地。她便剪下来，做了一条假发，卖了钱，去换得几斗米；又将屋柱的半边，削下来作柴烧；床上的草席，割下来充马料。

天晚了，湛氏果然预备着很好的酒饭请客。就是带来的仆役，也都吃得又醉又饱。

左侧竖排：中华典籍故事

陶侃做鱼梁吏的时候，有一次送一瓶腌鱼给他母亲。

湛氏不收，仍将腌鱼瓶封好，交给原人带转，并且写信责备陶侃说："你做鱼梁吏，将官家的东西给我，就是移公济私，不但于我没有好处，反使我为你担忧。"

【注释】

① 孝廉：是当时的科名，在清朝时，举人也叫作孝廉。

# 喝酒成名

【故事】

刘伶①非常爱喝酒，已经成了酒病，还向他妻子要酒喝。他的妻子恨极，便将酒倒了，酒瓶酒杯这些物件打破了，眼泪汪汪地劝他说："君喝酒喝得太多，不是养生的道理，必须戒绝它。"

刘伶说："那很好！我原想戒它，但是我不能禁我自己，当在祖先神祇前面，立过誓，才能决心戒它。你就去预备酒肉请祖先和神祇罢。"

他的妻子，以为他说的是实在话，非常赞成，便去买酒烧肉，在神前摆了香案，叫刘伶去立誓。

刘伶到得香案前，跪下说："天生刘伶，喝酒成名。喝到五斗，便无酒病，妇人的话，万不可听。"说了，就起来坐在案前，拿酒来喝，取肉来吃，吃得大醉。

【注释】

① 刘伶：晋沛国人，字伯伦，和阮籍嵇康是好朋友。

# 同　去

【故事】

　　贺彦先①到洛阳去，路过苏州阊门外，在船中弹琴。

　　张季鹰②本不认识彦先，在金阊亭上听得琴声，非常清楚，就到船上去见彦先。二人相见，非常投契。

　　季鹰问彦先说："你预备到何处去？"彦先说："我是到洛阳去的，现正在路上进行。"季鹰说："我也有事要到洛阳去，我就同你去罢！"

　　季鹰就和彦先同船便去，也不告明家中。后来家里的人，追上去问他，才知道他上京去的。

【注释】

① 贺彦先：名循，山阴人。

② 张季鹰：名翰，吴县人。

# 划船的小兵

【故事】

苏峻<sup>①</sup>造反，姓庾的都逃散了。这时庾冰<sup>②</sup>做吴郡太守，也只好逃命。什么百姓呀，属吏呀，都各管自己去了，独有一个小兵，用小船载了庾冰逃出钱塘江口，船上面用竹篷盖着。

这时苏峻悬赏捉拿庾冰，到处查搜，非常严紧。

小兵也知道这个消息，并不害怕，反以为快乐的样子，将船泊在埠头，自己便去喝酒，喝得醉醺醺的回来，将撑竿敲着船说："什么地方去寻庾太守呢？这只船中，才是庾太守躲着呢。"

庾在船中，听得这话，非常害怕，但伏着不敢动弹。搜查的人，看得这船又小又狭，不配庾太守乘坐，又以为小兵喝醉了酒讲糊涂话，毫不疑心。

从此便送过钱塘江，逃到了山阴。

后来苏峻打败了，庾冰想报那小兵救命之恩，小兵想要什么便给他什么。小兵说："我是贫贱出身，不想做官拘束我的身体，但平日没有钱喝酒，不能喝个痛快，从此以后，如能够天天有酒喝就心满意足了。"庾冰便替他造屋子，雇仆人，备美酒，养他终生。

【注释】

① 苏峻：晋掖人，字子高。

② 庾冰：字季坚，是庾亮的弟弟。

# 雪夜访戴

【故事】

王子猷住在山阴，一日晚上天下大雪，他睡醒了起来，叫仆人将窗门打开，端酒来喝。他一面喝酒，一面探望门外，觉得四面雪白可爱，便起来在屋子里踱来踱去，吟味那左思的《招隐诗》①。

忽然想起他的朋友戴安道。这时安道住在剡中②，就当晚乘着小船去看安道。行了一晚，才到安道门口，却又不想进去，便回转来。

有人很以为奇，问他说："你远道去访安道，既到了门口，何故又不肯进去?"子猷说："吾高兴来，便来，兴尽了，便回，何必一定要见安道呢?"

【注释】

① 左思：字太冲，晋临淄人，文学很好。曾作《三都

赋》，十年才成。大家传写，一时洛阳的纸价，因之贵起来了。《招隐诗》，也是他的佳作。

② 剡中：就是现在浙江省的嵊州市。

# 鼻和眼

【故事】

康僧渊①的眼睛，生得很深，鼻子却生得很高。

王导②看见他这副相貌，常要调笑他。

僧渊说："鼻子比如面上的山，眼睛比如面上的潭。山不高就不灵，潭不深就不清。"

【注释】

① 康僧渊：氏族人。

② 王导：字茂宏，晋临沂人，是王祥的孙子。

# 拜　佛

【故事】

何次道①到瓦官寺礼拜大佛，非常虔心勤力。

阮思旷②和他说："君的志向，真比天地还大，勇气是从古以来也没有人比得上你的了。"

何听了这话，莫名其妙，便问思旷说："你今天何故忽然称赞起我来？"

思旷说："我但求一个几千户地方的小官做做，还不能得到。现在君竟想成佛，那么，君的志向和勇气，岂不更大了吗？"

【注释】

① 何次道：名充。

② 阮思旷：名裕。

# 怕人暗杀

【故事】

　　魏武帝曹操为人很是奸诈，他恐怕有人去暗杀，假意和旁人说："如果有人要来谋害我，我的心就不知不觉地会跳动起来。"

　　他要人家相信这话，就想了一个毒法子。

　　他和所亲昵的一个仆人说："你带着快刀，偷偷地到我身边来。我便说我的心跳动了，将你捉起来推出去斩。这是假的，你不要害怕，不要多说，我当重重地赏你。"

　　这位仆人，果然相信了他，照说去做，终于被曹操斩了。这仆人到死还莫名其妙。在曹操左右的仆人，以为他真是谋暗杀的，也就佩服曹操的神明，不敢侵犯。

　　曹操又假意说："就是我睡熟的时候，也不可大胆走近床来。如果大胆走近，我便要斫人，自己都不觉得的。左右的人，须格外小心。"

后来他假作睡熟的样子。他平时所最爱的一个，防他受寒，轻轻走近，将被盖在他身上。曹操便飞起一刀，斫杀那人。

从此左右的人，都很怕他，无故不敢走近。